Dello stesso autore

Il delfino*
L'onda perfetta*
Vela bianca
Serena
Il guardiano del faro*
Stella
Il vento dell'oceano*
Il sole e la cometa
Blu*
Notte di luce
La rosa di Gerico
Il delfino (ed. Deluxe)
Fratello mare
La musica del silenzio*
Lo spirito del mare
(L'onda perfetta - Vela bianca - Il guardiano del faro)
Il delfino e le onde della vita
Il fiume di cristallo*
Lettera a mio figlio sulla felicità*
I sogni dei bambini*
Il cuore dell'oceano*
Il piccolo libro del sognatore*

* Di questi libri è disponibile la versione ebook

SERGIO BAMBARÉN

IL GUARDIANO DEL FARO

Sperling Paperback

Traduzione di Marina Marini
The Guardian of the Light

Illustrazioni di Óscar Astromujoff

I edizione Sperling Paperback gennaio 2013

ISBN 978-88-6061-763-7
86-I-13

A Paola,
con vera luce

«C'è un tempo per ogni cosa, anche per l'amore; perfino per quel sentimento che ti aspetti di provare.»

ELVIRA

«Se non corri alcun rischio nella vita, allora rischi tutto.»

SAMUEL

Nota dell'Autore

Non dimenticherò mai la prima volta che vidi un faro.

È stato quando avevo cinque o sei anni. Ho spalancato gli occhi per la meraviglia. Ricordo di aver provato un moto di affinità con quelle meravigliose sentinelle che guidavano le imbarcazioni della Guardia costiera e i marinai stanchi lungo le infide rotte del mare.

Come può un semplice raggio fare la differenza per così tante vite? Come possono tante persone fidarsi di quella luce e di quelli che la custodiscono?

Solo da adulto, ho capito perché mi affascinano tanto queste magnifiche torri. Sono sempre stato rapito dal fascio di luce brillante del faro, e dal suo scopo: guidare le navi e i suoi equipaggi in acque sicure. Pioggia o nebbia, tempesta o foschia, la luce è sempre là, dietro la lente di cristallo, una sorta di muro trasparente posto innanzi alla fonte luminosa per amplificarne la forza.

La luce diventa più intensa solo dopo aver attraversato il cristallo, non prima.

Trasparenti muri di cristallo! Quanti ne incontriamo lungo il nostro cammino! Sono ovunque! Rendono il nostro viaggio incontro al destino più difficile, più carico di dolore. Solo quando riusciamo ad attraversarli e vediamo la luce più vivida, ogni cosa ci appare più chiara. Vediamo la verità come è: nuda e meravigliosa.

Facile a dirsi. Difficile a farsi.

Eppure questi muri di cristallo esistono soltanto nella nostra mente e nel nostro cuore.

Del resto, il mondo si assomiglia sempre di più e la globalizzazione trasforma frontiere immaginarie in scarabocchi insignificanti. Secondo me, presto ci renderemo conto che il miglior modo di assaporare quest'avventura meravigliosa chiamata «esistenza» è quello di essere onesti su di un punto: chi siamo veramente. Il segreto è rimanere noi stessi, credere nelle nostre convinzioni, entrare in sintonia con gli altri e sforzarci di vivere la vita che abbiamo sempre sognato.

Liberi dalle catene che ci siamo creati unicamente nella nostra mente e nel cuore.

Come il raggio del faro, che attraversa il muro di cristallo con la sua luce intensa, e ci guida sulle rotte della verità.

Santiago

Ci sono viaggi che si devono fare, non importa quanto noiosi possano essere. Se si vogliono coltivare dei contatti, necessari ai propri affari, è indispensabile muoversi.

Questa volta il destino mi ha portato nel Cile, a Santiago, una moderna e affaccendatissima metropoli ai piedi della Cordigliera delle Ande. Sono nato in Australia, a Sydney, e mi ritengo un surfista esperto; proprio per questo motivo alcuni mesi prima mi ero trasferito a Lima, in Perú. In questo paese tanto lontano di cui avevo sentito dire che è battuto da onde gigantesche, a volte terrificanti.

Tuttavia, la principale ragione del mio trasferimento risiedeva nel fatto che avevo deciso di dare un nuovo significato alla mia vita cercando di aiutare gli altri che non erano stati così fortunati come lo ero stato io. Ho sempre voluto conoscere da vicino le tante storie di povertà e la lotta per la sopravvivenza di quelli meno fortunati di me. A poco più di quarant'anni, dall'alto di un'esistenza senza grossi problemi finanziari, accarezzavo il sogno di aiutare la gente. Volevo far fruttare le competenze professionali delle persone, utilizzando la mia esperienza di vent'anni di onorata carriera nel marketing e nelle vendite di prodotti alimentari, ma anche di realizzare un'azienda in un paese in cui operai sprovvisti di una specializzazione potessero crearsene una, e dare così loro l'opportunità di costruirsi un futuro con buone prospettive anche per le loro famiglie. Nello stesso tempo, tutti i profitti derivanti da quest'azienda sarebbero stati usati per costruire scuole e preparare i giovani del posto. Dopo il lavoro, mi davo al surf ogni volta che c'era abbastanza vento, in questa terra meravigliosa che un tempo fu degli Incas, proprio come da bambino sulle lontane spiagge di Oz. Alla mia età amo ancora cavalcare la cresta delle onde: l'unica grande emozione che mi fa sentire vivo, sempre, nei momenti belli e brutti della vita.

Anche se fare surf in mezzo a tanta povertà mi fa stare male. Penso che non sia giusto, tutto qui.

Benché sia nato in un paese ricco, non sopporto l'idea di vivere con tutti i comfort cui sono abituato in un luogo dove siano visibili tanta fame e tante necessità. Una persona con il tempo può abituarsi a tutto, così molta gente che vive nei paesi del Terzo Mondo non fa più caso ai bambini che muoiono denutriti per le strade, mendicando un tozzo di pane o una manciata di spiccioli. Nelle società avanzate come la nostra, le città con i poveri sono una realtà abituale della vita di tutti i giorni. Io, però, non posso assistere a questo spettacolo senza fare niente. L'unico tesoro nel cuore dei poveri è la speranza che qualcosa o qualcuno prima o poi dia loro l'opportunità di una vita migliore. Così, invece di prestare ascolto alle persone negative che esclamano: «Il problema è troppo complesso, non potremo mai arrivare a una soluzione», io dico: «Segui i tuoi sogni, crea qualcosa dal nulla, aiuta qualcuno meno fortunato di te, e quand'anche le cose si mettessero al peggio, non dimenticare mai lo scopo che ha sostenuto il tuo progetto».

È così che sono finito a Santiago, cercando di procurarmi quei contatti che potevano permettere al mio sogno di diventare realtà.

A Lima ho fondato una piccola impresa di importazione di formaggi e vini dalla mia terra d'origine, e ultimamente ho trovato l'opportunità di completare l'offerta dei formaggi con alcuni prodotti del Cile. Dunque, eccomi a Santiago.

Ma come in tutti i viaggi d'affari, uno finisce per annoiarsi e sentirsi un po' solo.

Esauriti tutti gli appuntamenti di lavoro, avevo ancora una notte di libertà prima di ritornare a Lima. Era estate a Santiago e, sebbene le giornate fossero afose e umide, le sere erano fresche e gradevoli.

Mi trovavo a cento chilometri dalla costa e, come sempre, mi sentivo perso quando ero lontano dall'oceano. Su indicazione del cameriere dell'albergo mi incamminai verso Calle Suecia, dove molti *santiaguinos* si danno appuntamento alla sera per fare due chiacchiere dopo il lavoro. È una strada molto bella, gremita di ristoranti, bar, caffè dove poter degustare l'eccellente vino cileno; c'è perfino un'eccentrica discoteca.

Dopo aver vagato per qualche istante, decisi di fermarmi in un tranquillo caffè che mi attirava molto.

«Che cosa prende, *señor*?» mi chiese affabile il cameriere.

«Mi andrebbe del vino rosso locale», risposi.

«Be', so che cosa potrebbe fare al caso suo. Le suggerisco un Caliterra Cabernet Sauvignon del 1998. Vino di polso e gran bouquet, si sposa bene con i formaggi.»

«Perfetto», replicai.

In meno di cinque minuti, il cameriere era tornato con un vassoio di formaggi assortiti del posto, e un'invitante bottiglia di rubicondo vino cileno.

«Spero che le piaccia. Nulla è meglio di un bicchiere di buon vino per tenere compagnia.»

«Ha proprio ragione. Grazie.»

Stappò la bottiglia con perizia, lasciandola respirare un istante e mi riempì il bicchiere.

Il vino aveva i numeri per risultare invitante. Stagionato in botti di rovere, possedeva un bouquet vigoroso, con i tannini che dilatavano il suo aroma dopo la prima esplosione di gusto.

«Scelta eccellente», dissi al cameriere.

«Grazie, *señor*», rispose.

Per una buona mezz'ora me ne stetti all'aria fresca. Vino e formaggio sono decisamente i cibi che apprezzo di più.

Stavo pensando di chiedere il conto al cameriere e tornare all'hotel, per coricarmi presto in attesa di partire la mattina seguente.

«Compra una rosa, *señor.*»

«C... come?»

«Compra una rosa, *señor*. Questa è l'ultima, se me la compri potrò tornarmene a casa.»

Fissai la bambina che se ne stava di fronte a me.

Doveva avere cinque, al massimo sei anni, vestita di stracci. Sporca e affamata, con ogni probabilità aveva lavorato tutto il giorno sotto il sole cocente fino al calare delle tenebre per racimolare pochi pesos da dare alla sua famiglia.

Il mio istinto mi suggeriva di trincerarmi come al solito dietro un semplice: «No, grazie». Poi mi resi conto che sono le piccole azioni, non le parole, a rendere migliore il mondo. Se volevo iniziare ad aiutare gli altri nel modo in cui mi ero prefissato, non dovevo mai più pronunciare parole di rifiuto, specialmente nei confronti di una piccola che, come altri bambini della sua età, sarebbe dovuta andare a scuola o a giocare con gli amici. Invece, la vita le aveva imposto un fardello di disagi fin dalla più tenera età. E, nonostante la sfortuna di essere povera, al posto di chiedere l'elemosina, stava lavorando.

«Va bene, te la compero», le risposi.

«*Gracias, señor*», mi disse sorridendo con gli occhi colmi di quella gioia che solo i bambini riescono a provare così intensamente.

«Quanto costa?» domandai.

«Mille pesos, *señor.*»

Glieli diedi dicendole: «E ora fila a casa!»

«A chi devo consegnarla?» mi chiese.

«Scusa?»

«La rosa, *señor*. A chi devo consegnarla?»

Non ne avevo la più pallida idea. Vidi quattro donne che sedevano a un tavolino poco distante dal mio. Si trattava sicuramente di *chilenas*, quando si esprime nella propria lingua questa gente non parla: cinguetta.

«Consegnala a una di quelle signore», dissi indicandole il tavolo, «ma non dire chi gliela manda.»

«Okay.»

Detto, fatto: la rosa venne consegnata.

La rosa

Le quattro donne all'altro tavolo erano probabilmente amiche che si rilassavano dopo un giorno di duro lavoro.

«*Señorita?*»

«Sì?» rispose una di loro.

«Questa rosa è per lei, *señorita.*»

Le porse la rosa.

«Grazie, ma... chi me la manda?»

«Non posso dirglielo.»

«E perché mai?»

«Perché un *señor* mi ha chiesto di non dirglielo.»

«Grazie», fece lei. «Ora fila a casa, che è tardi.»

Passarono cinque minuti. Finito il mio vino, pagai il conto e mi accinsi a tornarmene all'hotel.

«*Señor?*»

«Ancora qui?» chiesi sorpreso alla piccola.

«*Señor*, le *señoritas* dell'altro tavolo mi hanno chiesto se vuole unirsi a loro.»

«Ti avevo pregato di non riferire chi mandava quella rosa!» sbottai, ma l'invito ormai c'era e, per quanto imbarazzato fossi, mi alzai e mi avvicinai al tavolo delle quattro ragazze.

«Prego, si accomodi», esordì una nella sua lingua così musicale.

«Grazie», dissi. «Il mio nome è Martin.»

«Bene, che lei lo creda o meno, ci chiamiamo: Maria Soledad, Maria Pia, Maria Loreto e Maria Paola.»

«Le... quattro Marie.»

Scoppiammo tutti a ridere.

«Grazie per la splendida rosa», disse Maria Paola.

«Quale rosa?»

«Quella che mi ha fatto consegnare dalla piccola...»

Mi guardai intorno e vidi che la bambina stava scappando via, ridendo.

«Glielo ha detto!»

«Ebbene, sì, ma non è stato facile.»

«Perché?» domandai.

«All'inizio non voleva, ma poi è tornata indietro. 'Che c'è?' le ho chiesto. '*Señorita*, ho lavorato sodo tutto il giorno e mi è rimasta una rosa soltanto da vendere prima di tornarmene a casa. Se me la compra le dirò chi le ha mandato l'altra...'»

Paola

In questo modo Paola entrò nella mia vita. Grazie a una bella, povera e innocente bambina che sapeva già il fatto suo.

Quella sera le ore passarono velocemente. La conversazione fu estremamente gradevole. Le quattro donne si rivelarono una fantastica compagnia, e ci divertimmo molto. Sebbene avessero avuto vite differenti, avevano sviluppato un legame di amicizia tenace e sincero. Un secondo bicchiere di vino ne richiamò un terzo e la mia idea di incamminarmi verso l'hotel andò a farsi benedire. Che diamine, pensai. Posso sempre dormire sull'aereo.

Ma durante la nostra conversazione, mi resi conto che Paola mi stava fissando con lo stesso sguardo penetrante che io avevo per lei. A poco a poco le altre presenze intorno al tavolo si dileguarono, oscurate da un'intimità che ci univa. Non avevo occhi che per Paola. Sapevo che anche per lei era lo stesso.

Il tempo scorreva inesorabile: l'indomani tutti e cinque avremmo dovuto lavorare, me compreso. E c'era l'aereo da prendere.

Le quattro Marie mi dissero: «Addio». Le ringraziai per l'incantevole serata. Paola fu l'ultima a congedarsi da me, e lo fece con un bacio sulla guancia.

«Ti vedrò ancora?» le chiesi.

«Be', ora devo riportare le mie amiche a casa. Domani è mercoledì, e so già che dovrò alzarmi presto per andare a lavorare.»

«Ti vedrò ancora, *stanotte*?»

Mi scoccò uno sguardo ammiccante, e rise.

«Farò del mio meglio.»

«Bene», risposi. «Sarò qui ad aspettarti.»

Raggiunse le sue amiche. Non ritornerà, pensai. Ci conosciamo appena. Lei vive a Santiago. Io a Lima. Devo prendere l'aereo. E lei deve fare ritorno alla sua vita.

Era ridicolo.

Ma per quanto ridicoli e improbabili possano sembrare gli eventi, il mondo è pieno di magia per quelli che si fidano di ciò che dice loro il cuore. Così io aspettai a lungo.

Pagato il conto, mi alzai e...

«Martin?»

Mi voltai di scatto. Lei era lì, come promesso. Avanzò lentamente verso di me. Senza muovermi, le stampai un tenero bacio sulla guancia.

«Pensavo che non saresti più tornata.»

«La mia mano ha ancora il profumo della tua rosa», disse Paola.

«Grazie per essere tornata», risposi.

Complice il vino, finimmo con il parlare delle nostre vite. Tutto ciò che m'interessava quella notte era lì di fronte a me, nella danza degli occhi meravigliosi di Paola.

Lei aveva quasi trentun anni, e collaborava con uno studio di architettura a Santiago. Aveva iniziato a lavorare quando frequentava l'università, e adesso si era stancata di quella occupazione e voleva cambiare vita. Non aveva mai abbandonato la casa paterna, il «nido», e continuava a vivere in famiglia. Il padre aveva avuto un attacco di cuore parecchi anni addietro, e la madre era stata colpita da un ictus, così lei si era sentita in dovere di stare vicino ai due genitori per prendersi cura di loro. Ma capiva che era giunto il tempo di migrare lontano, per iniziare un cammino tutto suo.

Paola mi rivelò anche che di lì a tre giorni sarebbe stato il suo compleanno, così quella sera ci scambiammo una promessa. Io presi un tovagliolo di carta accanto al mio piatto, annotai alcune parole, lo firmai e glielo porsi. Lei sorrise e di getto lo controfirmò a sua volta.

Quando ci salutammo, la brezza leggera che allietava quella notte aprì il tovagliolo dove c'era scritto: PAOLA, TI PROMETTO CHE TORNERÒ A SANTIAGO PER IL TUO COMPLEANNO. HAI LA MIA PAROLA CHE TI ASPETTERÒ. MARTIN.

Destino

Il mattino seguente, mi alzai pensando a una cosa sola. Dovevo rivedere Paola prima di prendere il volo per Lima.

Presi il telefono e composi il numero che mi aveva dato la sera precedente. All'altro capo del filo si udirono quattro squilli prima che qualcuno rispondesse con una voce assonnata: «S... sì?»

«Ciao, Paola», dissi.

«Ciao, Martin!»

«Sei stata bene ieri sera?» chiesi.

«Più che bene, è stato fantastico!» mi confermò. «Non parlavo così a ruota libera con qualcuno da non so più quanto tempo.»

«Neppure io», ammisi ritrovando, seppur appesa al filo di un telefono, quell'intimità che avevo sentito con lei la sera precedente.

Restai in silenzio per qualche istante, trassi un respiro profondo e poi le chiesi: «Che piani hai per oggi, Paola?»

«*Stare con te.*»

Rimasi senza fiato. All'improvviso era come se avessi ritrovato i miei quindici anni.

«T... ti richiamo fra cinque minuti.»

«Guarda che ci conto», rispose lei.

Alle volte la vita opera in strani modi. Non chiedetemi perché, ma in quell'istante, avere udito quelle tre parole così intense, spontanee, dirette e giuste... sapevo che era lei. La donna che mi ero sforzato di trovare da così tanto tempo.

Chiamai subito la Lan Chile, la compagnia aerea che avevo scelto per il mio volo a Lima.

«Buongiorno, signore. Posso aiutarla?»

«Buongiorno, ho una prenotazione sul volo 1130 della mattina per Lima. Sarebbe possibile fare il cambio con il volo della sera?»

«Attenda un attimo, signore.»

«Per favore, faccia un tentativo», la implorai. «Vede, ieri sera ho incontrato l'amore della mia vita, e le ho già detto che passeremo tutto il giorno insieme.»

Potevo intuire il sorriso compiaciuto dell'operatrice all'altro capo del filo. Mi chiese nome e numero del volo desiderato. «Per favore, resti in linea.»

Attesi e mi lasciai andare a una infinità di pensieri. Se il volo della sera è completo, dovrò lasciare Paola, e forse non la rivedrò mai più, ma se riesco ad avere un posto su quel volo, potremo trascorrere una meravigliosa giornata assieme... magari è l'inizio della nostra storia, pensai.

Destino. Che significa? Un pizzico di fortuna, un altro pizzico di fiducia o una mano invisibile che decide per noi da qualche parte in cielo?

«Lei è fortunato, signore. Posso sistemarla sul volo della sera. È l'ultimo posto.»

«Lo prenderò», esultai.

«Okay, signore. Glielo prenoto.»

«Grazie mille», dissi.

«Arrivederci e... buona permanenza a Santiago.»

«Farò del mio meglio», risposi lieto.

«Signore?»

«Sì?»

«Spero per lei che abbia davvero trovato l'amore della sua vita.»

«Lo spero anch'io», replicai. «Certe volte si può trascorrere l'intera esistenza cercando l'anima gemella, senza trovarla!»

«Proprio così, signore, se crede nel destino, mi

lasci dire una cosa. Quando ho dato una prima occhiata alla lista dei passeggeri sul volo della sera, l'aereo risultava completo. Ma appena un attimo prima di comunicarglielo, abbiamo ricevuto una disdetta da un altro passeggero che ha fatto cancellare la sua prenotazione proprio su quello stesso volo.»

Quella coincidenza mi lasciò a bocca aperta.

«Signore? *Señor?*»

Fortuna, fiducia o la mano di Dio?

Suppongo che non lo saprò mai. Quello che so è che la magia esiste, e che alle volte la vita opera in strani, ma meravigliosi modi.

Chiamai Paola per dirle che avevo spostato la prenotazione e che potevamo trascorrere l'intera giornata insieme.

Dopo essermi preparato mi recai al bar dell'hotel che aveva finestre con vista sul parcheggio. Sorseggiai il caffè da una tazza decorata mentre aspettavo Paola. C'erano anche altri ospiti che facevano colazione. Fuori il cielo era terso, di un azzurro cristallino e senza traccia di nuvole.

Stavo leggendo un quotidiano locale quando vidi Paola parcheggiare. L'adrenalina mi andò a mille.

Entrò e si diresse con passo sicuro verso il bar. Sorrise al vedermi e io feci altrettanto.

«Ciao», disse lei.

«Ciao», risposi baciandola. E quel bacio mi restituì un frammento di lei.

Era molto alta e i suoi lunghi capelli biondo dorato facevano bella mostra di sé, brillavano al sole di Santiago. Era una bellezza mozzafiato e il suo sguardo meraviglioso catturava l'attenzione più di ogni altro particolare. Perdersi nei suoi incantevoli occhi nocciola era come toccare il cielo con un dito.

«Dormito bene, stanotte?» chiesi.

«Sì», rispose lei. «Sonno breve, ma intenso.»

«Bene, dove andiamo?» domandai.

«Ti piace l'arte moderna?»

«Be', sì», risposi.

«Okay, allora ti rapisco e ti nascondo in un parco vicino al fiume. Ci sono delle magnifiche sculture laggiù, opera di artisti del posto.»

Parcheggiammo vicino a un fiume luccicante. E ci piacque l'idea di passeggiare lungo il corso d'acqua. Là, seminascosto fra alberi secolari, iniziava un sentiero, che conduceva a un piccolo parco sulla sponda del Mapocho, il principale fiume di Santiago. Gli alberi torreggiavano tutt'intorno quasi fossero una cancellata verde e sembrava di stare in aperta campagna, non in mezzo a una delle più grandi città del Sudamerica.

Camminammo in mezzo al parco, costellato di meravigliose statue. La cosa che apprezzai di più fu che le sculture, alcune realizzate in granito massiccio, altre scolpite nel legno, erano disposte con intelligenza nell'area verde, in modo che fossero parte integrante del paesaggio. Uccelli diversi l'uno dall'altro volteggiavano e nidificavano fra quegli alberi e quelle statue. Le loro pennellate di rosso, blu e giallo aggiungevano al tutto un tocco di bellezza colorata e palpitante. Un fremente colibrì faceva capolino fra i fiori dai colori sgargianti, tutto intento a succhiarne il nettare. Gli alberi maestosi oscuravano un altro esemplare sottraendolo al sole, e una frescura che nasceva dall'acqua del fiume rendeva quell'angolo di mondo un pezzetto di Eden.

Ci sedemmo su una panchina che guardava il fiume, e la corrente d'acqua con i suoi mulinelli attirò la mia attenzione.

«Ti piace questo posto?» chiese Paola.

«È incantevole», risposi.

«Questo è il mio rifugio quando voglio staccare dal mondo e da tutti i problemi.»

«Un... nascondiglio segreto?»

«Proprio così», disse. «A volte mi manca il mare.»

«Ti piace l'oceano?» chiesi incuriosito.

«Lo amo molto. Quand'ero piccola andavo al mare con i miei genitori e le mie sorelle in un posto chiamato Viña del Mar, una bella spiaggia a un centinaio di chilometri a ovest di Santiago. Mio nonno aveva un appartamento là. Anche se sono passati molti anni, tutte le volte che ci penso ho sempre ricordi estremamente felici.»

«E allora? Non ci vai più?»

«Non quanto vorrei. Ho un mucchio di lavoro qui in città e l'oceano è a più di due ore d'auto. Non posso andarci troppo spesso.»

I ricordi sono un modo per mantenere i contatti con le cose che amiamo, con ciò che è conservato nella nostra mente, pensai. A Paola, proprio come a me, l'oceano faceva ricordare momenti magnifici e tempi felici.

A quel punto mi misi a fissarla intensamente.

«Posso raccontarti una storia?»

«Certo che puoi», m'incoraggiò.

«Qualche tempo fa, durante un viaggio in Portogallo per fare surf, ho intuito che dovevo andare in un paese povero perché il mio sogno si avverasse.»

«E qual era mai?» fece Paola.

«Sentivo che dovevo mettere le mie capacità professionali al servizio di quelli che non erano stati fortunati quanto me. Insomma, fondare un'impresa che mi permettesse di insegnare qualcosa agli altri, come ottenere una migliore qualità della vita per se stessi, e contemporaneamente dare a tutti una chance per realizzare i sogni.»

Lei, immobile in piedi, mi rivolse uno sguardo intenso.

«Così stai lavorando gratis?» chiese.

«Al contrario», ribattei, «sto lavorando per qualcosa di più importante del denaro: mi sto dando da fare perché un sogno possa realizzarsi. E sono abbastanza fortunato da farlo vicino al mare. Adoro cavalcare le onde.»

Gli occhi di Paola erano radiosi.

«Sei una sognatrice?»

«Sì, lo sono», mi confermò lei.

Presi le sue mani nelle mie e poi l'abbracciai. In risposta ottenni un tenero bacio. E allora accadde qualcosa di magico. Nonostante la conoscessi da meno di un giorno, le parole mi sgorgarono dal cuore al solo guardare i suoi caldi occhi nocciola: «Ti ho aspettato da tanto tempo, Paola».

Mi sorrise, e mi regalò un secondo, dolcissimo bacio.

«Ti ho aspettato tutta la vita, Martin», rispose lei.

Un luogo per sognare

Come promesso, feci ritorno a Santiago dopo due giorni frenetici passati ad avviare il mio progetto. Questa volta tornai rinnovato dal mio soggiorno a Lima. Un sentimento che mi era mancato per così tanto tempo mi aveva colto di sorpresa e aveva fatto capolino ancora una volta a riempirmi la vita.

Niente da dire, Paola rappresentava più di quanto io mi fossi aspettato. La vedevo brillante, simpatica, fantastica quanto a compagnia e di una bellezza incantevole: possedeva tutte le qualità che io avevo sempre desiderato in una donna. E, ancora una volta, il mio istinto non mi aveva tradito. Lei era proprio la persona che cercavo per passare insieme il resto della vita.

Trascorremmo il compleanno a casa sua con i genitori. Aveva invitato anche alcuni amici più stretti, includendo nel numero le altre tre «Marie». La serata con lei fu magnifica, e per me rappresentò una grande occasione per scoprire il mondo di Paola.

Capii subito, però, che i suoi genitori non approvavano la nostra relazione. Per loro fu una grossa sorpresa vedere che la loro amata figlia si era innamorata di uno straniero che veniva non solo da un'altra nazione, ma anche dall'altra parte del mondo.

In presenza dei suoi genitori, vedevo Paola molto insicura. Il fatto che abitasse ancora in famiglia, le aveva impedito di scoprire appieno se stessa. La sua vita di tutti i giorni era un cerchio che si chiudeva fra la casa dei genitori e il lavoro. Aveva un padre molto conservatore e autoritario che sembrava più un padrone che un genitore.

Sulle prime, non ci feci caso più di tanto. Pensavo che non ne valesse la pena.

Ma il tempo mi avrebbe fornito le prove di quanto fossi in torto nel sottovalutare quel particolare.

Il nostro amore sbocciò con il fiorire delle stagioni. Paola s'infiammava a sentire i miei resoconti di viaggio da un capo all'altro del mondo per fare surf. Avevamo in comune molti sogni. Per esempio, lei aveva sempre avuto l'idea di vivere vicino all'oceano, realizzare quelle cose che aveva progettato con tanto impegno e farsi una famiglia, condividendo la sua esistenza con qualcuno che amasse. Inoltre, la sua vita, come quella di qualunque altro essere vivente, era costellata di traguardi dettati dal cuore. Ora credo che lei avesse trovato, nella forza del nostro amore, il modo per raggiungere tutti questi traguardi, per fare in modo che i suoi sogni diventassero realtà. Eravamo in due adesso a gioire di ogni giorno che la vita ci concedeva, a vivere intensamente il presente, a rallegrarci dei ricordi e a fare progetti per il futuro.

Quando viaggiammo per l'Europa cercavo di dare a Paola un'idea della vastità del mondo, delle centinaia di modi in cui uno può scegliere di vivere, senza limitarsi a ciò che la vita ti prospetta.

L'unico rammarico derivante dai nostri viaggi era la loro fine, e il fatto che ognuno di noi doveva poi riadattarsi a mondi separati. Lei doveva ritornare a casa dai genitori, gli unici che pensava avessero seriamente bisogno di lei. Io, in fondo, dovevo soltanto ritornare a Lima per dirigere i miei affari.

A causa della loro educazione di stampo conservatore, i suoi non vedevano di buon occhio tutte queste scorribande in paesi lontani. Pensavano che soltanto le coppie sposate potessero fare lunghi viaggi insieme. In certi ambienti, l'apparenza è molto importante. Dare valore a ciò che pensa la gente è ancora radicato nella mentalità comune... insomma, è come scontrarsi con un vecchio dinosauro.

«Perché ti senti in colpa per ciò che i tuoi genitori pensano?» le chiesi. «Tu sei una bella donna di trentun anni che non sta facendo nulla di male. Trovi che sia sbagliato esprimere l'amore che ci dichiariamo l'un l'altra?»

«Non la vedono in questo modo e io non riesco a capire perché mi senta così», mi rispose.

Io conoscevo il motivo del suo turbamento. Non era mai stata capace di tagliare il cordone ombelicale che la legava alla sua famiglia; era sempre la loro bambina, e doveva vivere secondo le regole che le erano state insegnate. Non aveva il coraggio di attraversare quel muro di cristallo che le impediva di capire chi fosse veramente e di vivere l'esistenza che voleva.

«Il motivo per cui sto così male quando sono lontana da te», mi disse una volta, «è che le nostre anime sono legate. Quando sono con te, mi sento libera di esprimere me stessa e di essere rispettata per questo.»

Aveva ragione. Il nostro amore era più forte che mai e sapevamo nei nostri cuori che con il tempo ci saremmo sistemati in un posto speciale dove saremmo stati sempre insieme, un luogo che potevamo definire «casa», un piccolo rifugio sulla faccia della Terra dove avremmo costruito il nostro Eden privato.

Avevo sentito dire che nel Cile meridionale c'era un luogo, mantenuto segreto nel resto del mondo, battuto da onde gigantesche. «L'acqua è troppo fredda laggiù», dicevano alcuni. «È troppo pericoloso», obiettavano altri. Ma per me scoprire la verità vuol dire vederla con i propri occhi. Così decisi di recarmi laggiù con il mio amico cileno Max, che avevo conosciuto proprio a Viña del Mar. Presi con me le sole cose di cui avevo reale bisogno: la mia fedele tavola per cavalcare le onde, la mia muta e... la mia inseparabile chitarra per le serate sulla spiaggia!

Dopo aver guidato per ore lungo la costa, raggiungemmo un piccolo villaggio chiamato Curanipe. Arrivammo nel tardo pomeriggio, ed era appena finito un terribile temporale. Lo scatenarsi del cielo aveva trasformato la luce del giorno in un imbrunire dorato e avvolgente che avrei voluto chiudere in una bottiglia e conservarlo per sempre.

Alex, guardia medica del posto e abile surfista, ci accolse con gioia.

«Come sono le onde da queste parti?» chiesi.

«Guarda tu stesso», disse indicandomi una zona a un centinaio di metri dalla spiaggia.

Non potevo crederci. Proprio di fronte a noi, un'onda perfetta ricadeva in cilindri altrettanto perfetti che uno dopo l'altro si perdevano a riva.

«Wow!» esclamai, sussultando per quell'eccitazione che soltanto il surfista conosce quando scopre una nuova zona «tutta onde» da sfidare con la propria tavola.

«Ci sono parecchi luoghi adatti al surf da queste parti che nel giro di un anno appaiono e scompaiono come per magia», incalzò Max.

Non potevo crederci. Iniziai a ridere e abbracciai i due cileni che mi avevano mostrato il loro angolo privato di paradiso.

«Mostra questo luogo soltanto alle persone che lo rispetteranno così com'è», mi raccomandarono. «Divertiamoci finché è possibile, ma mostriamoci cortesi con i surfisti del posto.»

È la legge del surf: quando uno visita altre spiagge in un paese straniero, deve sempre rispettare i surfisti locali. Basta attenersi a questa semplice regola e gli altri divideranno volentieri le loro storie e le onde con te. Come quando anni or sono un'impressionante marea del Sud dette filo da torcere a ogni surfista che aveva osato sfidare le onde con la sua tavola o quella volta che l'acqua era affollata di delfini e otarie, e tutti fissavano con un certo stupore queste magnifiche creature oppure...

«Questo ha qualcosa a che fare con la felicità, vero?» chiese Max.

Il mio amico si girò verso di me, e disse una frase che avrei ricordato tutta la vita: «Martin, chi ha conosciuto il mare in profondità non può più essere come gli altri».

Quel giorno, dopo una magnifica uscita in surf con Max e Alex, mi precipitai al telefono per chiamare Paola a Santiago.

«Ciao, Martin.»

«L'ho trovato, Paola!»

«Davvero? Com'erano le onde?»

«Mille volte meglio di quanto pensassi», risposi tutto d'un fiato.

«E com'è il paesaggio?»

«Incredibile. Pini ovunque, scogliere mozzafiato... So che te ne innamorerai non appena vedrai tutto questo.» Dopo una pausa di silenzio, ripresi:

«Ora potremo essere sempre insieme e vivere a due i nostri sogni».

«Ne sei sicuro?» chiese lei.

«Paola, se non corri alcun rischio nella vita, allora rischi tutto, non credi?»

Non potevo dirle di più. Le lacrime rigavano il mio volto. Dall'altro capo del filo, anche lei stava piangendo.

«Saremo liberi di sognare, amore mio. Per sempre.»

La ricerca

Uno dei passatempi che Paola e io amavamo di più era visitare le librerie. Passavamo ore curiosando fra gli scaffali. Per qualche sconosciuta ragione, i libri mi hanno sempre attirato, e in fondo al mio cuore ho sempre sperato di poterne scrivere uno tutto mio.

Ogni volta che ne visitavamo una, Paola faceva il suo abituale pellegrinaggio nel reparto «Arti e mestieri», e ci passava le ore.

Andai a vedere perché la interessava tanto.

«Che cosa stai guardando?» le chiesi.

«Oh, niente di speciale, davo solo una scorsa ai libri qui intorno...»

Afferrai il libro che aveva tra le mani: *L'arte di creare mosaici.*

«Così è questo che ti intriga?»

«Ebbene, sì», ammise. «Adoro le cose che possono essere realizzate con minuscoli pezzi di pietra o ceramica.»

«Perché non provi a farne uno?»

«Per ora è solo un'idea.»

«Solo un'idea. Non credo proprio.»

«Perché no?» chiese.

«Un'idea è qualcosa che tu hai nella tua mente, tesoro. Ma tu adesso stai maneggiando un libro. E non è il primo libro che stai leggendo sui mosaici.»

«Già, è proprio così.»

«E dunque... Tu *ami* questa cosa?»

«Diciamo che mi *piace.*»

«Non hai risposto alla mia domanda. Tu *ami* questa cosa?»

Lei mi fissò e poi sorrise. «Sì, l'*amo,* come dici tu.»

«Bene, Paola, allora tu dovresti farla.»

«Fare che?»

«Realizzare il mosaico che hai sempre sognato.»

«Non saprei», replicò lei. «Non penso di riuscirci...»

La guardai negli occhi. «Mia adorata Principessa, se c'è una cosa che io ho imparato nella mia vita è: se ami qualcosa, fallo. Non pensare al denaro, quello semmai verrà da sé. Mettiti all'opera, non c'è migliore ragione della tua felicità personale.»

Intanto, nel cielo della sera, paffute nuvole bianche iniziavano lentamente a rotolare argentandosi sotto i riflessi della luna. Paola mi sorrise. «Va bene, costruirò una casa per noi, piena di mosaici di delfini, gabbiani e balene, con tante finestre così da non interporre nulla fra te e la spiaggia, e là ci ameremo per sempre. E poi faremo in modo che tutti i nostri sogni si realizzino e riempiano le nostre vite.»

«Ogni giorno è un'avventura per coloro che hanno il desiderio di viverla», aggiunsi.

«Affare fatto?» mi chiese.

«Affare fatto», risposi abbracciandola.

Maree oceaniche

Gli affari stavano andando a gonfie vele, i vini e i formaggi australiani si vendevano bene. Ma dovevo far fronte a due problemi molto importanti: la liquidità ancora esigua, come spesso capita alle nuove imprese, e la competitività. Dovevamo aggredire il mercato, per poter dividere i profitti. Dovevamo sviluppare una strategia per consolidare la nostra posizione, dopo il successo iniziale.

Sapevo anche sarebbe venuto il momento di lasciare il posto a qualcuno che avesse la volontà di mantenere vivo il sogno aziendale, qualcuno mosso dagli stessi principi che stavo cercando di trasmettere ai miei collaboratori.

Mi sarei ritagliato soltanto il ruolo di supervisore del progetto dal Cile per assicurarmi che le cose funzionassero a dovere.

* * *

Era un altro giorno di lavoro frenetico, stavo mettendo a punto un piano per ampliare il commercio dei miei prodotti. Si profilava all'orizzonte un nuovo accordo, e avevo bisogno di individuare il target a cui intendevamo rivolgerci.

Ora potevo contare su di un valido staff: Adolfo, un capitano d'impresa peruviano con cui avevo un continuo scambio d'idee, che era ufficialmente il nostro general manager nonché mio socio in affari, e due giovani brillanti collaboratrici, Janet e Fabiola.

All'improvviso il telefono squillò.

«Sì?»

«Ciao, amore, sono io...»

«Paola!»

Janet, la mia segretaria, sorrise radunando i fogli, si alzò e uscì dalla stanza richiudendo dolcemente la porta dietro di sé.

Strinsi forte la cornetta.

«Tesoro, ti penso tanto.»

«L'ho trovato!»

«Trovato che?» chiesi.

«Il nostro posto nel mondo!»

«Scusa?»

«Martin, per favore, vieni in Cile il più velocemente possibile. Stavo guidando lungo la strada litoranea, nei pressi delle zone in cui tu vai a fare surf, quando all'improvviso mi è caduto l'occhio su un viottolo polveroso ed... era proprio là! Un fantastico appezzamento di terra in vendita.»

«Sei sicura?»

«Sì, caro, ne sono sicura. So già che ti piacerà, così vicino all'oceano. Sarà il nostro piccolo angolo di Eden quaggiù sulla Terra.»

Ero senza parole.

«Martin? Martin?»

Silenzio. Potevo soltanto pensare a una cosa in quel momento.

«Noi possiamo fare in modo che i sogni diventino realtà, Paola, ne sei convinta?»

«Sì, amore mio. *Ora lo so.*»

Dopo aver finito di parlare con Paola, ero al massimo della gioia, e ciò per me significava soltanto una cosa: fare surf.

Presi muta e tavola, caricando quest'ultima sopra alla mia vecchia e fedele Toyota Corolla, e puntai dritto verso i sobborghi a sud di Lima, dove ci sono le migliori zone da surf che io conosca.

Punta Rocas è uno tra i luoghi che preferisco. Ci

sono onde gigantesche che si frangono delicatamente contro il litorale, ma possono rivelarsi senza pietà per i surfisti ignari della forza del mare in quel punto.

Indossai la muta, passai la cera sulla mia tavola e mi fiondai in acqua. C'erano onde alte due metri e mezzo, e solo qualche temerario del posto a sfidare creste simili. Feci surf in quel tratto di mare per un paio d'ore, e ogni onda mi regalava il ricordo delle mie prime acrobazie a fior d'acqua.

Il sole stava tramontando all'orizzonte e gli altri surfisti iniziarono a uscire dall'oceano, ma io rimasi. Pensavo alla mia conversazione con Paola e, quando riemersi dai miei pensieri, le stelle stavano facendo capolino in cielo. Le tremule luci che brillavano lungo il litorale erano il mio unico punto di riferimento.

Lima è una metropoli dal cielo perlopiù grigio. Ma quella notte era limpida e cristallina, e le stelle brillavano come gioielli. Era così chiaro che potevo vedere le onde rincorrersi al mio fianco.

Fissai la volta celeste. La Croce del Sud e la cintura di Orione si mostravano in tutto il loro splendore. La Via Lattea sembrava farmi il solletico da lassù, tanto era vicina. Rimasi con il naso all'insù, perso nella bellezza del cielo notturno finché il collo non mi fece male. Ero da solo, più vicino che mai alla natura e mi ricordai di una promessa fatta a me stesso, molto tempo prima:

Chiamo a testimoni la luna,
le stelle e il cielo,
sempre obbedirò al mio cuore
e non sarà la ragione a dirmi
ciò che mi farà gioire.

Un senso di vera pace interiore mi riempì il cuore, e ne scaturì un pensiero: la «casa» è il luogo fisico dove mangio e dormo oppure la felicità che provo adesso?

Conoscevo già la risposta, e sperai con tutto il mio cuore che Paola un giorno potesse provare la stessa sensazione. Non c'è colpa a essere se stessi, e non importa che cosa gli altri pensano.

Il *ritorno*

Arrivai a Santiago. Il volo era stato tranquillo, e trovai ad attendermi un sole radioso che rendeva caldo il tardo pomeriggio in città. Lontano all'orizzonte le Ande stavano iniziando a perdere la loro invernale cappa bianca.

Paola mi aspettava all'aeroporto. Ci abbracciammo, e mi resi conto di quanto mi fosse mancata nei miei viaggi in giro per il mondo, di quanto incompleta fosse stata la mia vita senza di lei.

«Devi vedere il posto», disse tutta contenta. «È magnifico, è proprio vicino a quelle spiagge da sogno che hai scoperto, e tutt'intorno l'appezzamento è circondato di pini. Inoltre l'autostrada che porta a Santiago è soltanto a dieci minuti da lì, così io potrò fare visita alla mia famiglia tutte le volte che vorrò!»

«Magnifico», risposi. «Andiamo a vedere.»

Dopo due ore di guida in autostrada imboccammo un viottolo polveroso che ci portò dritto alla costa. Lo scenario mutò completamente: lasciammo una campagna ricoperta di viti, per inoltrarci in una boscaglia lussureggiante. Dieci minuti arrivammo al mare. Una magnifica scogliera con vista sull'oceano luccicante si mostrò in tutto il suo incanto stemperandosi in un quadro quasi mistico. Innumerevoli pini dalla svettante chioma verde e odorosa circondavano la scogliera contro cui si frangevano ritmicamente delle onde perfette.

Fui percorso da un fremito. Questo è il *mio futuro* che si realizza, pensai. Un luogo magnifico per permettere a molti sogni di avverarsi... l'oceano e l'amore per Paola. Che cosa potevo chiedere di più dalla vita?

Mi ricordai di un insegnamento che la mia cara e saggia mamma mi proponeva sempre: «Se vuoi che qualcosa succeda, Martin, prima o poi dovrai rinunciare alla falsa promessa di sicurezza, e prendere il largo facendo rotta verso i tuoi sogni, accettando i rischi che comporta la conquista della vera felicità, della scoperta di chi sei tu veramente».

Abbracciai Paola, e le stampai un tenero bacio sulla guancia.

«Grazie, Principessa...»

«... No, grazie a te», concluse lei. «Da quando ti conosco, mi hai insegnato che amare con passione e scacciare la paura sono le due mosse vincenti.»

«Devi ascoltare il cuore, anche se sei preoccupata per il futuro», aggiunsi.

«Hai ragione», disse. «Avevo tanta paura di lasciarmi coinvolgere da una storia d'amore con qualcuno, che alla fine ho quasi perso il bene più importante nella vita. Ma ora sento che devo dare all'amore e alla vita una possibilità.»

«Lo so, amore mio», ripresi. «E, credimi, chi ti dirà che questo o quello non si potrà mai fare sarà sempre interrotto dai positivi che vivono di azione, accettando la sfida che comporta sognare un po' più in là dei propri limiti.» La guardai negli occhi: «Tieni duro, Paola, e non scordarti di avere pazienza. Verrà un tempo in cui sentirai che stai per renderti pienamente conto di chi tu sia e procederai secondo i tuoi passi, secondo i tuoi sogni».

Eccoci insieme a camminare lungo l'appezzamento di terreno in cui avremmo costruito la casa dei nostri sogni, un luogo dove amarci per sempre. Pini dovunque, una magnifica vista sul manto azzurro e sfavillante dell'oceano e onde perfette che avrei cavalcato con la mia tavola tante di quelle volte... Il nostro angolo di Eden quaggiù sulla Terra, pensai.

E mentre stavamo godendo la nostra passeggiata vicino agli scogli, nella terra dei nostri sogni, vidi per la prima volta...

La luce

Abbarbicato in cima alla scogliera, incombente come un muto testimone che ha visto innumerevoli naufragi e tempeste, si ergeva un faro semidiroccato. Alto all'incirca trenta metri, presentava la parete a occidente esposta ai forti venti che flagellavano quest'angolo d'oceano.

Una gentile brezza marina irrorava l'aria di salmastro. Ci stavamo avvicinando al portone della torre. «Coraggio, Paola», dissi. «Soltanto duecento metri, e ci siamo!»

Era stanchissima.

«Dai, Martin... ma perché vogliamo andare al faro? È un rudere ed è pure abbandonato, e poi sarà chiuso a chiave. Torniamo al luogo dove costruire la nostra casa.»

«Non so», risposi. «C'è qualcosa di magico in questo faro. So solo che devo andarci.»

Paola mi fissò scettica, ma mi seguì nell'esplorazione. E in parte aveva ragione a essere incredula. Una volta raggiunto il vecchio portone di legno, vedemmo una vecchia serratura arrugginita che chiudeva l'accesso. Cercai di aprirla, ma inutilmente.

«Non ci riesco», dissi. «Andiamo via.»

Con un certo rammarico da parte mia tornammo verso l'auto. Il cuore mi diceva che il vecchio faro aveva qualcosa a che fare con il mio futuro, ma non riuscivo a trovare alcuna ragione plausibile che lo legasse a me.

Arrivammo alla macchina. Aprii la portiera e feci salire Paola. Stavo per mettermi alla guida, quando vidi un uomo, che se ne stava sulla scogliera, fissando l'orizzonte.

Ebbi un presentimento.

«Paola, aspetta un attimo.»

«Dove vai?» chiese.

«Non è nulla, aspetta solo un secondo.»

«D'accordo, ma non metterci tanto. Sta iniziando a fare freddo.»

In quel periodo dell'anno, le sere erano gelide, e in lontananza si scorgeva il fronte di una tempesta.

Dovevo sbrigarmi se non volevo prendermi la pioggia.

Mi avvicinai all'uomo che avevo visto fra le rocce, proprio sopra la scogliera a picco sul mare. Un punto pericolosissimo.

«Stia attento!» gridò.

«Non si preoccupi», replicai. «Sono stato qui tante di quelle volte! Non c'è niente di meglio di sentirsi l'aria salmastra sulla pelle.»

Quell'uomo doveva essere sulla sessantina e portava una lunga barba, proprio come un tipico pescatore della zona.

«Domani sarà un buon giorno per pescare», osservò.

«E lei come lo sa?»

«L'aria si sta facendo fredda, e i venti del Sud rinforzano. Si prepara una mareggiata. Una volta passata, domani sarà di nuovo tutto calmo, ma di certo la tempesta strapazzerà l'oceano. Una buona esca per i pesci che si avvicineranno a riva.»

«Ha pescato per tanti anni, non è vero?»

«Per tutta la vita», rispose. Poi, con lo sguardo di chi la sa lunga, aggiunse: «Ho visto che prima lei ha cercato di entrare nel faro».

«Ebbene, sì», ammisi io.

«E perché?»

«Sono curioso. E poi pensavo che avrei trovato qualcosa d'interessante all'interno.»

«Be', al momento è abbandonato», replicò il pescatore. «Ma un tempo era una presenza notevole e altera, e teneva le navi lontane da questi scogli.»

«Quanto tempo fa accadeva tutto questo?» chiesi.

«Oh, molti anni», rispose l'uomo. «Finché l'Ammiraglio non fu troppo vecchio per prendersi cura del faro. Non ce n'è più bisogno adesso: la maggior parte delle navi è dotata di radar.» Fissò l'orizzonte poi continuò: «Ricordo quando quel faro era la principale risorsa di chi andava per mare. E con l'Ammiraglio al comando, quella postazione era una garanzia».

«L'Ammiraglio?»

«Ma certo», rispose. «Strano carattere, quell'uomo. La gente dice che avesse trascorso tutta la vita con la moglie abitando nelle stanze del faro, e che vivesse esclusivamente per indirizzare le navi su rotte sicure. Alcuni dicono che divenne pazzo alla morte della donna, e fu così che lo portarono in una specie di casa di riposo.»

«Dov'è che lo portarono?» domandai.

«Mah, in qualche posto a Santiago.» Fissò con sguardo appassionato l'oceano. Il suo amore per il mare era di certo più forte del suo attaccamento alla vita.

«Lei crede che fosse diventato pazzo?» chiesi.

«Che cos'è la pazzia?» rifletté a voce alta. «Per molte persone lei e io che conversiamo su questi scogli mentre in mare sta montando la tempesta è già pazzia. Ma noi sappiamo che non è così, giusto?»

«Giusto», gli confermai.

«Direi che era un tipo strano, diverso da noi, ma non lo definirei pazzo. Forse poteva vedere e sentire cose precluse agli altri. Ecco perché l'hanno portato, ora mi ricordo meglio, in un ospedale psichiatrico.»

Dovevo andare. La pioggia iniziava a cadere, e Paola mi aspettava in macchina. Dovevamo arrivare all'autostrada prima che il viottolo polveroso si trasformasse in un fiume di fango, così lo salutai.

Mentre me ne stavo andando quell'uomo mi chiese: «Desidera incontrare l'Ammiraglio? Penso proprio che dovrebbe».

«Perché pensa che dovrei?»

«Perché mi sembra che lei sia un uomo che ama l'oceano tanto quanto lui. Ho visto come guardava il mare. È la sua vita, proprio come lo era per quel vecchio.»

«È vero», ammisi. «Comunque, devo andare. Piacere di averla incontrata.» Lasciai lo scoglio e mi incamminai verso la macchina; a pochi metri da essa, udii la voce di quell'uomo: «Ospedale Santa Cruz».

Mi girai per ringraziarlo, ma nel punto in cui avevo lasciato il pescatore ora non c'era più nessuno.

L'Ammiraglio

Trovammo l'Ammiraglio grazie alla signora Gonzales, l'infermiera che lavorava all'ospedale Santa Cruz. Era seduto su una sedia a rotelle, e guardava fuori dalla finestra. Fissava un punto indistinto innanzi a sé, con gli occhi persi sull'orizzonte.

Non riuscivo a immaginarmi che tipo di persona avrei incontrato. Forse una larva carica d'anni che si trascinava per quei lunghi corridoi o qualcuno che passava il suo tempo a formulare pensieri incoerenti con gli altri pazienti. Sono figlio di uno psichiatra, così ho accompagnato mio padre parecchie volte durante le sue visite in questi padiglioni e ho visto molte persone che soffrono di depressione, Alzheimer, fobie, schizofrenia e altri disturbi mentali. Eppure io avevo davanti a me un uomo calmo, forse sulla settantina, vestito di bianco, dai capelli brizzolati, con profondi occhi neri che sembravano tristi piuttosto che malati.

Afferrai una sedia e l'accostai al suo fianco.

«Buongiorno, Ammiraglio.»

Nessuna risposta.

«È così da tanto tempo», s'intromise l'infermiera.

«Da quanto?» chiesi.

«Oh, sono anni ormai», disse la donna. «Per quanto mi ricordo, fu portato qui alla morte della moglie, parecchio tempo fa. Sembra che non si sia mai ripreso da quello choc.»

«Che gli fate qui?» domandai.

«Lo imbocchiamo, gli facciamo il bagno, in pratica lo accudiamo... Be', è tutto quello che possiamo fare.»

«Avete tentato qualche terapia?»

«Le abbiamo tentate tutte con lui. Fisioterapie, trattamenti psicologici, ogni cura immaginabile. Lui è sempre là, che guarda fuori dalla finestra, giorno dopo giorno, notte dopo notte. L'unica attività che svolge è disegnare ogni tanto, ma per poco tempo.»

«Disegna?»

«Sì, in genere fa il solito schizzo, che non termina mai. Sono gli unici istanti in cui vedo ancora la luce della vita nei suoi occhi.»

«Potrei vederne qualcuno?»

«Ma certo, glieli porterò, ma non serve. Caro il nostro vecchietto...»

La signora Gonzales se ne andò. Dopo cinque minuti tornò tenendo in mano un mazzo di fogli sgualciti.

«Eccoli», disse l'infermiera porgendomeli. «Sono tutti uguali.»

Afferrai i fogli e detti loro un'occhiata.

Ogni disegno era identico all'altro. L'unica cosa che cambiava era la luce del giorno o la stagione in cui erano stati realizzati. In estate, inverno, primavera o autunno, una cosa rimaneva identica: il faro. Quello che avevo visto con i miei occhi, abbarbicato sugli scogli.

Mi avvicinai all'Ammiraglio e gli mostrai uno dei disegni che aveva realizzato. Per un istante, i suoi occhi si spostarono sullo schizzo, abbozzò un sorriso e per un attimo mi guardò, poi ritornò a essere inghiottito dal suo mondo interiore, quello in cui era vissuto per così tanto tempo.

«Paola, dobbiamo portarlo di nuovo al faro!»

«E perché mai?»

«Non so perché, ma sento che accadrà qualcosa se lo vede di nuovo. È un presentimento. Ti assicuro, ho passato la vita fidandomi di ciò che mi diceva il cuore, e non crederesti alle cose che puoi imparare quando ti fidi di quella... *farfalla* che si agita dentro di te!»

Decisi di annullare gli appuntamenti che avevo per il giorno dopo e di dedicarmi all'Ammiraglio. Volevo farlo uscire dall'ospedale per portarlo al faro.

Non fu facile. Non aveva famiglia, così non c'era nessuno che potesse dare l'autorizzazione a fargli lasciare quella struttura. Ma Paola aveva un asso nella manica. Dopo aver fatto un giro di telefonate, ed esserci impegnati per iscritto a riaccompagnare l'Ammiraglio entro sera, potemmo farlo uscire.

La sua infermiera, la signora Gonzales, ne fu entusiasta. «Un po' d'aria buona non gli farà certo male. A un vecchio lupo di mare, la brezza dell'oceano giova di sicuro.»

«Un vecchio lupo di mare? E lei come lo sa?»

«Ho soltanto tirato a indovinare. Quel faro che disegna sempre, suppongo che abbia qualcosa a che fare con il suo passato...»

Spinsi la vecchia sedia a rotelle dell'Ammiraglio che si agitò vedendo l'uscita, ma Paola gli accarezzò con dolcezza i capelli bianchi e, con tutto l'amore che aveva per il prossimo, gli dette un caloroso bacio sulla guancia. La sua resistenza fu vinta all'istante.

La casa del cuore

Viaggiare in macchina attraverso le strade battute dal vento del Cile meridionale è un'esperienza indimenticabile.

Dopo aver lasciato i cieli nebbiosi di Santiago, la campagna si copre dei più bei vitigni del mondo. Strada facendo i tunnel attraversano le montagne e, all'uscita di ogni galleria, è facile restare sorpresi dalle vallate maestose movimentate dai vitigni delle più diverse varietà: Cabernet, Sauvignon, Merlot e Chardonnay. In mezzo a tante colline verdeggianti, la gente di questa zona è stata capace di avviare un business fiorente intorno al magico elisir degli dei.

Quando si viaggia nel Sud, procedendo paralleli alla costa, il paesaggio muta di colpo. Le verdeggianti colline cedono il passo a pini, ad alberi della gomma e a migliaia di altre specie vegetali sparse un po' ovunque. È uno spettacolo meraviglioso. Ed è sempre una sorpresa scoprire che cosa ci sia dietro l'angolo, forse una fattoria solitaria, e il fumo dal comignolo è l'unico segno indicante che all'interno c'è vita. Da entrambi i lati della strada si vedono bei pascoli verdi. E lungo la costa le onde che si gonfiano orgogliose vanno all'assalto degli scogli aguzzi.

Durante il viaggio tentammo varie volte di scambiare due parole con l'Ammiraglio, ma lui se ne stava seduto immobile, con gli occhi persi su qualche particolare del paesaggio e intanto vagava nei suoi lontanissimi ricordi. Dopo due ore arrivammo in prossimità dell'oceano.

Avevamo notato negli ultimi chilometri che l'Ammiraglio aveva i brividi. Paola mi suggerì di riportarlo indietro, perché se gli fosse successo qualcosa mentre era sotto la nostra custodia, saremmo andati incontro a seri problemi.

Ma quei brividi mi ricordavano quelli che avevo provato io tante volte. Gli ultimi passi di un lungo viaggio erano i più difficili da fare. È quando sei sul punto di mollare che devi camminare ancora un po', non importa quel che ti dice il cervello. Ho imparato che ciò fa la differenza nel raggiungere il traguardo, nel permettere al tuo sogno di realizzarsi.

Alla fine, eccoci al faro. Esattamente quello che l'Ammiraglio aveva disegnato decine di volte, con gli scogli che affioravano neri dall'oceano bianco e blu.

Parcheggiammo in un punto che permettesse al vecchio di vedere interamente il faro. A una cinquantina di metri dall'ingresso, la prima impressione fu quella di essere davanti a un rudere diroccato. Sebbene apparisse del tutto disabitato, sentivo che doveva avere alle spalle un passato grandioso. La brillante luce del sole accendeva di riflessi le rocce fra cui spuntava il faro, conferendogli un'aria mistica. Non riesco ancora a capacitarmi di come la luce del faro possa dare alle cose un effetto magico; il suo raggio luminoso e intensissimo incendia gli oggetti su cui si posa come nient'altro io abbia mai sperimentato.

Con cura aiutammo l'Ammiraglio a sistemarsi sulla sedia a rotelle, poi iniziammo la salita che portava alla torre.

La vecchia serratura arrugginita restava testardamente chiusa. Nonostante i miei tentativi, non si voleva proprio aprire.

«E adesso?» chiese Paola.

«Non saprei», risposi.

«Perché non ritorniamo all'ospedale, Martin? Non concludiamo niente, e sta iniziando a fare freddo. Non penso che faccia bene all'Ammiraglio.»

«Hai ragione», ammisi, «ma almeno, ci abbiamo provato. Andiamo.»

Cercammo di girare la sedia a rotelle dell'Ammiraglio, ma ci accorgemmo che non si muoveva.

«Che cos'è che non va?» chiese Paola.

«Accidenti», replicai, «la ruota si è incastrata. Lasciami dare un'occhiata a...»

Non riuscii ad andare avanti. Guardai Paola.

L'Ammiraglio si era testardamente impuntato a tirare il freno a mano della sedia, con un cenno di disappunto stampato in faccia.

«Si sente bene?» chiesi all'Ammiraglio.

Nessuna risposta.

Che cosa potevo fare? Guardai Paola, in cerca d'aiuto, ma non era lei che poteva darmelo.

Era l'Ammiraglio.

«*Riportatemi indietro.*»

Paola e io ci guardammo increduli.

«*Riportatemi indietro... per favore*», implorò il vecchio.

«D'accordo, Ammiraglio. L'accontentiamo subito.»

«Ne sei sicuro?» chiese Paola.

«Sicurissimo, non chiedermi perché, ma ho il presentimento che *lui* ci porterà indietro, in un mondo che nessun altro conosce», risposi.

«E dove?» fece lei incuriosita.

«Nel profondo del suo cuore, fra i suoi ricordi.»

Decidemmo di vedere se c'era un'altra entrata, e girammo attorno all'edificio lasciando solo l'Ammiraglio. Parecchi gabbiani si libravano nell'aria, mentre il sole si confondeva all'orizzonte e una colonia di otarie faceva il suo affannoso ritorno fra gli scogli, a due passi dalla battigia, dopo un giorno di pesca e di nuoto fra le onde.

«Magnifico posto per metter su casa», disse con trasporto Paola.

«Intendi la *casa del cuore.*»

«Che differenza fa?»

«Tutta la differenza del mondo», puntualizzai. «Chiunque a un certo punto della vita mette su casa. La parte difficile è costruire una *casa del cuore.* Un posto non soltanto per dormire, ma anche per sognare. Un posto dove crescere una famiglia con amore, un posto non per trovare riparo dal freddo, ma un angolino tutto nostro da cui ammirare il cambiamento delle stagioni; un posto non semplicemente dove far passare il tempo, ma dove provare gioia per il resto della vita.»

Paola mi guardò con occhi un po' tristi.

«Che c'è che non va?» chiesi.

«Vedi, quando ti riferisci a una famiglia che cresce nell'amore, be', quella è la definizione che mi piacerebbe di più per la mia.»

Rimasi in silenzio, sapevo ciò che stava pensando. Avevo notato che i suoi genitori raramente si lasciavano andare a manifestazioni d'affetto. Non avevo mai visto il padre di Paola abbracciarla o darle un tenero bacio.

«Perché non fai tu la prima mossa?» chiesi.

«Che intendi?»

«Per esempio, esprimere il tuo affetto a tuo padre. Abbraccialo, bacialo, digli che gli vuoi bene.»

«Non ci riesco.»

«Perché no?»

«Non so. Suppongo di avere un padre che è sempre stato tanto autoritario da essere molto freddo nell'esprimere i suoi sentimenti con tutti noi.»

«Intendi molto controllato?»

«Sì, non solo. È una persona con cui non sono mai riuscita a comunicare. Le cose andavano sempre fatte a modo suo o erano sbagliate. Ogni volta che dovevo chiedere qualcosa, lo facevo attraverso mia madre.»

«E pensi che sia stato un bene?» domandai.

«No.»

«Forse anche lui è stato allevato alla vecchia maniera, secondo una tradizione molto rigida. Ma tu sei una donna adulta, Paola. Devi prendere le *tue* decisioni. Dovresti fargli sapere ciò che provi davvero, e vivere la tua vita seguendo le tue regole, non credi?»

Mi guardò sconsolata. «Non ho il coraggio di espormi tanto. È come se avesse il dominio totale sulle mie azioni.»

Iniziai a sentirmi irrequieto. «L'unica persona che può cambiare le cose sei tu. Io posso soltanto dare un appoggio esterno alle tue azioni. Ma sei tu che devi prendere la decisione.»

I suoi occhi si riempirono di lacrime. «Mi aiuterai?»

La mia risposta fu un abbraccio e poi aggiunsi: «Certo che ti aiuterò, però ricordati che dipende tutto da te e da nessun altro».

Erano passati all'incirca venti minuti da quando avevamo lasciato l'Ammiraglio tutto solo. «Sarà meglio tornare indietro», dissi.

Ritornammo al portone ed ecco la sorpresa: l'Ammiraglio se n'era andato.

La sua sedia a rotelle era là, vuota. Del vecchio non c'era traccia.

Iniziammo a correre, con il cuore che batteva all'impazzata. Dov'era andato a finire? Se si era avventurato vicino agli scogli... E l'ospedale, poi! Che potevamo raccontare all'infermiera?

Ma notammo che la porta era spalancata, e nella serratura, che fino ad allora ci aveva inesorabilmente impedito di entrare, c'era infilata una chiave.

Con fare sospetto spingemmo un altro po' il vecchio portone: dentro solo buio pesto. Ci vollero parecchi minuti per abituarci all'oscurità.

Facemmo qualche passo. Ragnatele pendevano da ogni angolo e il tanfo di umidità che trasudava dalle pareti del faro, fatte di freddi blocchi di pietra, conferivano all'insieme un'apparenza di grande vetustà.

Non erano brividi di paura quelli che mi dava la costruzione, era piuttosto come fare un viaggio nel passato, ai bei giorni andati.

Un guardiano del faro può sopravvivere anche senza telefono o elettricità, pensai lì per lì.

Vidi una scala a chiocciola che saliva al piano superiore. Ci arrampicammo su per i tanti scalini di pietra grezza che avevano resistito molto bene al passare degli anni.

Alla fine arrivammo in cima alla scala, nel punto più alto del faro.

Ci fissammo in preda allo sconcerto. Lassù, vicino a una finestra aperta che dava sull'immensità dell'oceano, trovammo l'Ammiraglio con la sua lunga pipa in mano e gli occhi fissi all'orizzonte. E prima che aprissimo bocca, si girò verso di noi, e con un sorriso ci disse: «Grazie».

«Ammiraglio...»

«Grazie per avermi *riportato indietro.* Era da tanto tempo...»

Poi il suo sguardo tornò a posarsi sul mare, a bersi l'orizzonte con gli occhi, a respirare l'aria salmastra, a riempire i polmoni del vento che gli aveva fatto vivere l'esistenza che voleva.

Dopo un'ora durante la quale Paola e io rimanemmo in silenzio mentre il vecchio lupo di mare guardava fisso fuori dalla finestra, l'Ammiraglio si riprese da quella specie di estasi, posò lo sguardo sul pavimento e, con gesti lenti, s'incamminò verso le scale che portavano al piano inferiore del faro.

«Che cosa desidera fare adesso, Ammiraglio?»

«È un giorno davvero speciale, questo», disse. «Grazie a voi due, ho alla fine fatto ritorno nel mondo, nel *mio* mondo. Mi avete fatto un regalo inestimabile, e ve ne sarò grato per il resto della vita.» Fece una pausa e i suoi occhi si velarono di tristezza. «Ora, per favore, ritorniamo.»

«Ritorniamo dove?» chiesi soprappensiero.

«All'ospedale. La signora Gonzales deve essere preoccupata per me, così non intendo darvi ulteriori problemi. Si è presa cura di me in tutti questi anni. È una donna splendida che tempo fa decise che la sua missione era quella di occuparsi di chi soffre in questa vita, di quelli che oggi hanno un handicap e che non possono più essere autosufficienti. La trovo d'animo nobile, e il sorriso di gratitudine di tutti quelli che cura tanto amorevolmente, scommetto, è la miglior ricompensa che possa avere.»

Si girò verso di noi. «Comunque, intendo chiedervi un favore.»

«Qualunque cosa...» mi affrettai a dire.

«Riportatemi a questo magnifico faro tutte le volte che potete. Per favore, aiutatemi a sentirmi ancora vivo, di nuovo. E aiutatemi a ricostruire ciò che gli anni e il vento hanno distrutto.»

«Ricostruirlo?» chiese a quel punto Paola.

«Proprio così», rispose il vecchio lupo di mare.

«Ma, Ammiraglio, ora che lei si sente così in forma, non c'è bisogno che torni all'ospedale. Sembra una fibra forte...»

L'uomo sorrise.

«Ci sono segreti nel mondo che dormono latenti nei cuori di quelli che hanno ancora una missione da compiere. E io, be', ecco... non sono ancora pronto ad andarmene.»

«Andarsene dove?»

Il vecchio distolse lo sguardo da Paola preferendole l'orizzonte.

«Dalla mia Elvira...» Si tirò fuori dalla tasca un fazzoletto che doveva aver visto molti inverni, si soffiò il naso e disse: «L'errore peggiore che possiamo fare nella vita è lasciar perdere quando sappiamo tutti di avere ancora una missione da compiere. E l'obiettivo più grande è continuare a cercare finché non abbiamo raggiunto il nostro traguardo. Non ho portato a termine la mia missione. Non ancora, almeno».

Fissai il vecchio. «A proposito, Ammiraglio, mi chiamo Martin, e lei è Paola.»

Mi studiò con attenzione, poi chiese: «Dove vivi, Martin?»

«A Lima.»

«E tu, Paola?»

«A Santiago.»

Con il più bel sorriso che conosceva, concluse: «Non scordate mai che il potere dell'amore può risolvere ogni conflitto, accorciare ogni distanza, risplendere attraverso ogni avversità. *Non dimenticatelo mai*».

Speranza

Il cambiamento d'atteggiamento dell'Ammiraglio verso il mondo circostante ci colse di sorpresa. Il vecchio uomo dagli occhi persi nel vuoto che avevamo incontrato all'ospedale si era trasformato in un giovane spirito libero. Apparteneva al faro, dove abitavano tutti i suoi ricordi, i suoi sogni e quanto sapeva del mare.

Ma era tempo di riportarlo all'ospedale. Lo aiutammo a fare le scale e a sedersi di nuovo sulla sua sedia a rotelle.

L'imbrunire faceva spiccare una magnifica luna piena sullo sfondo del faro che ci apprestavamo a lasciare.

«È pronto?» chiesi.

Silenzio.

«Ammiraglio, si sente bene?» incalzò Paola.

Nessuna risposta. L'uomo che avevamo visto all'interno del faro, forte, orgoglioso, capace di sagge parole si era di nuovo trasformato nel degente dell'ospedale, lento e debole. Durante il viaggio di ritorno, non disse una parola. Si limitava a tenere aperti quegli occhi persi chissà dove.

Eppure io stavo sorridendo, e non era per l'Ammiraglio.

«Perché ridi?» mi chiese Paola.

«Sai bene perché», risposi allusivo.

«No, non lo so.»

«Dovevi vedere la tua faccia quando l'Ammiraglio ha accennato alla ristrutturazione del faro.»

«Che leggevi sulla mia faccia?»

«Adori costruire, non è vero? Non nasconderlo!»

«Si vede così tanto?»

«Già! Scommetto che se ti chiedessi di erigere un castello sulla sabbia, saresti pronta a esultare alla sola idea, non è così?»

Lei mi regalò un sorriso, e i suoi occhi luccicavano così tanto che parevano oro. «Sì, lo farei.»

«Ce l'hai nel sangue, Paola, ed è una qualità, almeno per me.» Mi fermai e guardai la mia Principessa.

«Lo ristrutturerai?»

«Intendi... il faro?»

«Ma certo.»

«Non so ancora. Comunque, qual è il punto?»

«Be'... perché te lo ha chiesto l'Ammiraglio.»

«E allora?»

«Stai morendo dalla voglia di buttarti in quest'impresa, perché non hai mai ristrutturato un faro. Non uno reale, almeno.»

«Dio, questa cosa mi fa impazzire!» tagliò corto lei. «Un momento penso di mettermici sul serio, poi subito dopo mi chiedo perché dovrei farlo?»

«Per l'Ammiraglio. Perché te lo ha chiesto, e poi c'è il fatto che tu vuoi farlo. Hai abbastanza ragioni, non credi?»

Lei sorrise.

«*Touché!*» esclamai partendo alla volta di Santiago.

«Perché si comporta così?» mi chiese Paola.

«Non lo so con sicurezza», ammisi. «Ma tanto tempo fa, in Tibet, conobbi un tizio che mi ricorda moltissimo l'Ammiraglio. È un entusiasta della vita, una forza per quelli che hanno volontà di ascoltarlo, un creatore di felicità, il tipo di persona che è entrata in contatto con mezzo mondo, che ha vissuto intensamente la sua esistenza e che non vuole niente, perché i suoi bisogni sono spirituali. Parla solo quando crede che lo stiano ad ascoltare. Lo definirei un animo gentile e leale, e capace di vedere bellezza e verità dove gli altri non vedono un bel niente.»

Guardai Paola e le presi la mano: «È un maestro di magnifiche lezioni, un sognatore di quelli mai visti prima. Fa parte di quelle speciali creature di questo mondo che intercettano le vite altrui in un modo altrettanto speciale. Quelli che si rendono conto che quando raggiungi la cima di una collina, è allora che devi iniziare la scalata al cielo fino a toccare le stelle».

Arrivammo a Santiago a tarda ora. Lungo il viaggio una pioggerellina fine cedette il passo a un forte rovescio. I tergicristalli non riuscivano a stare dietro a quel muro d'acqua, e facevamo molta fatica a vedere la strada dinanzi a noi.

Ci dirigemmo direttamente all'ospedale e l'Ammiraglio ci salutò grato. La signora Gonzales, in effetti, ci attendeva con ansia perché il viaggio aveva preso più tempo del previsto; ma dopo le sue rimostranze, ci ringraziò per quello che avevamo fatto. Conosceva da molto tempo l'Ammiraglio e, nonostante non avesse aperto bocca, si era resa conto che stava bene.

Mi girai e dissi: «Possiamo riportarlo fuori il prossimo week-end?»

«È contro i regolamenti. Dovrebbe starsene qua.

Avete solo la più pallida idea dei problemi legali a cui vado incontro se succede qualcosa?»

Paola e io ci guardammo con fare complice.

«Certo, comprendiamo...»

«Be'», aggiunse la signora Gonzales. «Lasciatemi un po' di tempo per riflettere. Ci terremo in contatto. Nel frattempo potete fargli visita quando più vi piace. Non ha altre persone che lo vengono a trovare.»

«Stia certa che lo farò», risposi.

Sulla via di casa, Paola e io non ci scambiammo una parola. Eppure sapevamo entrambi che stavamo pensando alla stessa cosa.

Dovevamo riportare l'Ammiraglio laggiù: era una creatura che apparteneva al faro.

Vita

La seconda volta che riaccompagnammo l'Ammiraglio al faro fu un'esperienza del tutto diversa dalla prima.

Ci volle del tempo a convincere la signora Gonzales, ma alla fine l'affetto sincero per il vecchio guardiano fu più forte dei problemi cui andava incontro. «Che diamine!» disse, «l'aria buona fa miracoli con il lupo di mare. Per lui è meglio essere fuori nel mondo piuttosto che sedere su una sedia a rotelle fra quattro mura. Portatelo con voi. Ma non fate tardi!» concluse, cercando di apparire severa.

Mentre percorrevamo in macchina la strada che ci avrebbe portato al faro, osservai l'Ammiraglio dallo specchietto retrovisore. Era sempre il vecchio confinato su una sedia a rotelle in una stanza dell'ospedale Santa Cruz. Ma qualcosa si stava trasformando nei suoi occhi. Senza dire una parola, s'intravedeva una leggera espressione appena dipinta sul suo volto, poiché sapeva dove lo stavamo accompagnando: in quell'angolo di terra e mare dove poteva sentirsi a proprio agio con la vita, con se stesso.

Ai genitori di Paola non parlammo dell'Ammiraglio. Lo avrebbero preso per pazzo; né avrebbero approvato il fatto che perdessimo tante ore per... andare al mare! Ogni volta che ritornavo in Cile si aspettavano che sarei stato con loro per la maggior parte del tempo o che saremmo andati insieme nella casa di campagna che avevano al lago Rappel. A dire il vero, qualche volta era andata così. Ma forse non capivano che, sebbene mi preoccupassi per loro e li rispettassi, era il mio amore per Paola la ragione che mi faceva ritornare in Cile. Avevo deciso di vivere la mia esistenza seguendo i miei principi, e stando vicino all'oceano. Avevo sempre sperato di trovare qualcuno con cui condividere questo sogno. E mi ero fatto l'idea che Paola fosse quella persona. Quando eravamo da soli era totalmente differente da quando era con i suoi genitori. E sebbene sentissi che non facevo nulla di male ad aiutare Paola a scegliersi la sua vita, avvertivo sempre la pressione che la sua famiglia esercitava quando non ci comportavamo nel modo che loro «desideravano».

Dopo un paio d'ore di viaggio attraverso il magnifico paesaggio del Cile meridionale, arrivammo a destinazione. Mi spinsi con la macchina fino ai piedi del faro e feci per aiutare l'Ammiraglio a uscire dalla vettura.

Non ce ne fu bisogno. Il guardiano era sceso da solo, dopo essersi puntellato a un vecchio bastone dalla magnifica impugnatura d'argento.

La prima volta che glielo vidi, pensai che fosse soltanto il vezzo di un vecchio incapace di farsi una ragione del fatto che era avanti con gli anni e che non sarebbe mai più riuscito a camminare; ma ora, guardandolo appoggiarsi sul suo magnifico bastone con la pipa nell'altra mano, potevo vedere l'uomo che aveva vissuto molto probabilmente un'esistenza piena di avventure sia in mare sia sulla terraferma.

«Grazie, Martin», disse. «Posso ancora farcela.» Iniziò a muovere passi incerti in direzione del faro, tirando fuori dalla tasca del suo panciotto la chiave che apriva la serratura.

Il massiccio portone di legno si aprì.

«Per favore, entrate con me.»

Salimmo per la scala a chiocciola che dava sul primo piano. Prima di accomodarsi su di un vecchio sofà polveroso, il guardiano avvicinò due sedie di legno e, dopo averle pulite alla bell'e meglio, ci chiese di sederci vicino a lui.

«Quanto lavoro da fare, qui: fissare la scala, mettere in ordine le serrature, pulire le finestre, riparare la parete a occidente...»

«Ne è sicuro, Ammiraglio?» lo interruppe Paola.

«E tu, mia cara?»

«Lei è un'architetto», intervenni.

Paola iniziò a fare degli schizzi su come ristrutturare la parete a occidente, e il cambiamento di umore dell'Ammiraglio si rivelò fenomenale.

Più tardi ci mettemmo tutti a dare una ripulita al posto; fu così che scoprii alcuni quadri che occupavano quasi tutti i muri del primo piano. Li ripassai con uno straccio bianco e li osservai; per la maggior parte erano fotografie di fari.

«Questa è la sua collezione?» chiesi.

«Sì», rispose l'Ammiraglio. «È una raccolta che porto avanti da una vita. Vedi, sono pezzi preziosi per me. Prendi quello, per esempio», disse indicando un quadro appeso proprio sopra il camino in ferro battuto. Aveva l'aria di essere molto antico.

«Che cos'è?» chiesi.

«Sedetevi un attimo, per favore», propose, richiamando anche Paola, «così vi racconto la storia di questa meravigliosa sentinella del mare.» Rimase in piedi e si avvicinò al dipinto.

«Bello, eh?» si lasciò scappare. «È conosciuto come il Faro di Alessandria, in Egitto. Torre di 120-150 metri all'incirca, una delle Sette meraviglie del mondo antico. »

«Esiste ancora, Ammiraglio?» domandai.

«Sfortunatamente no. È stato oggetto di ripetute incursioni via mare, e poi distrutto dai terremoti.»

«E come sappiamo che aspetto avesse?» chiese Paola.

«La ricostruzione che ci ha consegnato l'immagine più accreditata del Faro», continuò il guardiano, «è stata elaborata incrociando più fonti: le immagini di monete, le terracotte e i mosaici romani scoperti in Libia e lungo il Giordano. C'è anche una parete a mosaico in San Marco a Venezia che ne riporta l'immagine.»

«Mosaico?» chiese Paola. La guardai e un sorriso illuminò il mio volto.

«Sì, cara», rispose l'Ammiraglio tutto sorridente. «Per diciassette secoli, dalla sua edificazione fino alla distruzione finale a metà del quattordicesimo secolo dopo Cristo, il Faro servì da guida per i naviganti che si avvicinavano alla costa d'Egitto. Il fatto che sia sopravvissuto così a lungo nonostante la sua ubicazione particolarmente esposta», spiegò, «suggerisce chiaramente che stiamo parlando di una costruzione di eccezionale qualità architettonica. Solo i terremoti, in effetti, sono riusciti a scuoterlo, e ce ne sono stati moltissimi nei secoli.»

Paola era letteralmente affascinata, non soltanto per la sua storia, ma anche per una sorta di deformazione professionale. Anch'io, tuttavia, ero piacevolmente preso dall'idea che l'esperto che sentivamo parlare con tanta competenza fosse quell'uomo che vegetava all'ospedale Santa Cruz.

«Ma quando è stato distrutto per l'esattezza?» chiesi.

«Nel 1303 un violento terremoto sconvolse il bacino mediterraneo orientale. Alessandria venne colpita in modo particolarmente violento. Il sisma fu di tale intensità che quando il fenomeno regredì, del Faro non restarono in piedi che rovine fumanti. Alla fine, un sultano di nome Qaitbey decise di far costruire un forte sulle sue fondamenta ed è questo forte che è arrivato fino a noi oggi.»

«Com'è che sa tutte queste notizie sui fari?» chiese Paola.

«Allo stesso modo in cui tu sai tante cose di architettura», replicò. «Sono stato un guardiano del faro per tutta la vita, e ho dedicato ore e ore a studiare queste magnifiche sentinelle della notte.»

L'Ammiraglio prese la mano di Paola con gentilezza.

«E tu, mia cara», chiese, «oltre all'architettura, che cos'altro stai imparando ad amare?»

Paola mi fissò, poi guardò l'orizzonte dove alcuni gabbiani stavano planando ad ali distese, prese una foto dal portafoglio, una foto della sua famiglia.

Con un bel sorriso guardò da vicino l'Ammiraglio.

«Sto imparando ad amare la mia vita, a rendermi conto di quanto fortunata io sia a essere al mondo.»

Rinnovamento

La signora Gonzales si era fatta più amichevole nei confronti miei e di Paola.

Aveva notato un miglioramento nella salute dell'Ammiraglio e, sebbene l'uomo non parlasse ancora con nessun altro all'infuori di noi, aveva decisamente l'aspetto di un individuo più giovane della sua età.

«Salve, signora Gonzales», dissi.

«Salve, Martin.»

«Crede che potremmo portare con noi l'Ammiraglio?» chiese Paola.

«Ma certo», rispose la donna con un tenue sorriso. «Non so che gli stiate facendo, ma è un'ottima cura. Vi ha parlato, per caso?»

Fissai Paola negli occhi.

«No», mentì. «Però si vede che è entusiasta di lei.»

«Sì?» domandò l'infermiera.

«È proprio così», ribadì Paola.

«Molto bene», concluse la signora Gonzales. «Ora andate, e portate via questo giovanotto dovunque abbiate intenzione di accompagnarlo.»

Durante il viaggio per arrivare al faro, Paola ci fece fare sosta in un piccolo magazzino, situato vicino alla strada principale, che vendeva materiale da costruzioni: laterizi di produzione locale, assi di legno, le solite materie prime.

«Posso esserti d'aiuto, Paola?» chiese l'Ammiraglio.

«Di che cosa c'è bisogno?» rispose.

«Be', sei tu l'architetto», disse. «Di che cosa pensi ci sia bisogno per rendere di nuovo funzionante il faro?»

«Potrei fare uno schizzo di come doveva apparire un tempo, con il suo aiuto, naturalmente. E poi potremmo iniziare comprando le materie prime necessarie a ristrutturare i locali.»

«Davvero lo fareste?» chiese l'uomo.

«Ma certo.» Lei mi guardò. Io restituii lo sguardo con l'aggiunta di un sorriso.

«Molto bene», disse l'Ammiraglio. «Allora incominciamo i lavori.»

* * *

Dopo aver comprato il materiale necessario ci recammo al faro dove ci attendeva tanto lavoro: pulire e rimettere in sesto il primo e il secondo piano dell'edificio. La parete occidentale a quel livello era in discrete condizioni, e questo facilitò le cose. Aiutai Paola a scrostare l'intonaco e a togliere le ragnatele e la polvere depositatasi, mentre l'Ammiraglio rese di nuovo trasparenti i vetri delle finestre e strofinò per bene battenti e pomello della porta d'ingresso. Alla fine, aprimmo le finestre e l'aria salmastra invase le stanze.

Il faro, strigliato e tirato a lucido, dava un'impressione di spazio e di essenzialità. La maggior parte dei ragni e degli scorpioni che lo abitavano era migrata da qualche altra parte. Era sempre un rudere, ma pulito. E, a dire il vero, era più di un semplice faro. Era una stazione di avvistamento, un complesso che comprendeva la torre e altre stanze abitabili.

Al primo piano c'erano una grande cucina e una sala da pranzo, un bagno con doccia, un soggiorno e una camera con due letti. Al secondo piano un'ampia stanza abitabile. Il terzo piano era completamente vuoto. La scala a chiocciola di foggia artigianale in legno rosso portava dal terzo piano su fino alla stanza della lanterna che aveva una grossa, antiquata gabbia a protezione dell'impianto luminoso e un pavimento di assito che ricordava i ponti delle navi. Tutt'intorno, all'esterno girava un camminamento chiamato «galleria».

Grazie alle pareti di roccia, si sentiva una bella frescura all'interno del faro, anche nei giorni più caldi. Paola aveva pulito il caminetto e adesso risultava pronto per l'uso.

«Dovremmo dare una sistemata al giardino che circonda il faro, non vi pare?» chiesi.

«No», ribadì Paola, una vera esperta in paesaggi. «Piante e alberi selvatici danno un tocco speciale al luogo. Ha un'aria meravigliosamente mistica, non trovate?»

Si sentiva una straordinaria fragranza che spirava dal litorale. Indossai la mia muta con tanto di guanti e imboccai la ripida discesa fra gli scogli, assetato di surf. Godere ancora una volta del piacere puro, di quell'ondata di gioia e pace che mi prende in acqua, assorbire come una spugna le meraviglie intorno a me: è quanto di meglio c'è al mondo.

«Sarai di ritorno per pranzo?» chiese Paola.

«Certamente», risposi.

L'Ammiraglio ci guardò con tanto d'occhi e sorrise. «Siete proprio in sintonia, non è così?»

Ricambiai il sorriso. «Ci vediamo più tardi, Ammiraglio.»

È mezzogiorno passato. Sono in acqua da più di un'ora. Fare surf per me vuol dire pensare. L'unica grande lezione che vale la pena di essere ricordata è quella che ho appreso per conto mio, facendo ciò che volevo fare. Ma se c'è un'anima che potrebbe insegnarmi qualcosa di più di ciò che voglio sapere, di quanto non possa fare il surf, di certo devo ascoltarla. Alle volte capita che la miglior scuola al mondo sia un uomo saggio e carico di anni.

Alla fine mi getto sull'onda, l'ultima, mi dico. Un muro d'acqua di un metro e mezzo, parecchio al largo. La cavalco rimanendo in equilibrio sopra di essa per più di cento metri, finché alla fine, esausto, nuoto con le braccia a pagaia riverso sulla mia tavola fino a riva.

Mentre mi asciugo, guardo il faro, abbarbicato sulla scogliera. So che c'è un uomo al suo interno che può insegnarmi molto sulla vita.

Paola mi aspettava con un pranzo superbo. Prima di arrivare al faro in macchina avevamo incrociato alcuni chioschi di frutta e verdura dove i contadini del posto vendono i loro prodotti. Frutta invitante, verdura fresca, ottimo pane fatto in casa e formaggio locale sono le specialità di questa parte del mondo. Paola aveva preparato una magnifica insalata di peperoni rossi, carote novelle, broccoli e olive nere condita con erbe aromatiche fresche, una spruzzata di aceto di vino bianco e naturalmente... olio d'oliva. Il tutto accompagnato da un bicchiere di ottimo Merlot cileno.

Appena iniziati i festeggiamenti, l'Ammiraglio notò l'apprensione sul mio volto.

«Che c'è che non va?» chiese.

«Non so se sia il momento giusto per parlare di ciò che mi preoccupa. Il pranzo è una vera delizia.»

«Puoi pensare un momento migliore per lasciar parlare il cuore?»

Aveva ragione. Tutte queste sensazioni culinarie consentivano a me di parlare a ruota libera. Vidi Paola sorridere, in tacito accordo con l'Ammiraglio.

«A volte mi sento confuso. Dai miei pensieri. Cerco di dare un senso a me stesso, ma è dura.»

«E che intendi quando dici che ti senti confuso dai tuoi pensieri?» chiese l'Ammiraglio.

Guardai Paola. Sapeva ciò che mi preoccupava.

«Posso essere sincero, Paola?» le chiesi.

«Ma, certo... parla!»

«Ammiraglio, credo che Paola e io abbiamo un rapporto meraviglioso. Ci amiamo davvero tanto, e abbiamo un mucchio di sogni in comune. Eppure, a volte, ci sentiamo come schiacciati dalla società in cui viviamo che ci fa temere di... entrare in conflitto con gli altri se viviamo i nostri sogni. Ho imparato che le persone dovrebbero rispettare gli altri in base alle loro convinzioni; ma ho anche appreso che i miei diritti iniziano dove finiscono quelli degli altri.»

«E questo che significa?» chiese l'Ammiraglio.

«Penso di aver imparato a rispettare coloro che hanno deciso di vivere le loro esistenze in armonia con i loro principi, i loro valori. Perché non dovrei ricevere lo stesso trattamento?»

«Questa è una questione spinosa», rifletté l'Ammiraglio. «Sono un fermo assertore del fatto che nessuno ha il diritto di giudicare gli altri per il modo in cui si comportano o per le azioni che compiono. Ma so che molti lo fanno. Vedi, Martin, non tutti noi siamo cresciuti allo stesso modo o abbiamo avuto le stesse esperienze nella vita. Agiamo secondo ciò che riteniamo giusto. Ma io penso che questo fatto non ci dia il diritto di interferire nell'esistenza degli altri. Giudicare qualcuno è un grande errore. Noi non sappiamo mai tutte le ragioni per cui una persona si comporta in un determinato modo.»

«Immagino che lei abbia ragione, Ammiraglio. Solo che qualche volta io vivo la frustrazione di non essere rispettato per quello che sono.»

«E così che fai?»

«L'unica cosa che può aiutarmi a pensare nitidamente. Faccio surf e cerco di stare vicino all'oceano.»

«E che provi?»

«Non ne sono sicuro, ma credo che stare vicino all'oceano mi permetta di sentire le mie emozioni che danno significato all'esistenza. Penso che mi aiuti a dire chi sono, ciò che penso e quello che mi aspetto dalla vita. In definitiva, mi chiarisco le idee.»

«E l'oceano che ti comunica?» mi chiese l'Ammiraglio.

«Mi aiuta a scoprire la mia vera natura, a combinare lo spirito e l'innocenza di un ragazzo e i suoi ricordi con quelli di un uomo adulto che ha altri sogni. L'oceano è come se aiutasse tutti questi frammenti a procedere insieme, a fianco a fianco, mentre cercano di trovare una via dentro quest'avventura che chiamano vita, sempre puntando al meglio, senza entrare in conflitto con gli altri.»

«E sei felice di tutto questo?» domandò allora l'Ammiraglio.

«Lo sono», replicai. «C'è qualcosa di speciale, di mistico nel passare ore a fare surf. Trovo sempre le risposte giuste ai miei dubbi. Con il sole, il freddo e il gelo, qualche volta accompagnato da un branco di delfini o da uno stuolo di otarie, qualche volta da solo. Non importa. Mi rendo conto che quello che faccio è giusto per me. Mi sento vivo, non so se riesce a comprendermi...»

L'uomo sorrise. «*Perché tutto quello che ancora ci meraviglia non è perduto*», argomentò.

«Prego?»

«Hai risposto alla tua domanda.» Sorseggiò il vino. «Mi fai venire in mente me stesso, quando avevo la tua età», aggiunse. «Artistico; c'è qualcosa di assolutamente artistico quando tu senti a quel modo. Qualcosa di naturale, come se essere nell'acqua vada oltre il tuo controllo. Mai assuefarsi alla vita, Martin. Vedi ogni giorno come un nuovo inizio, come un'opportunità unica di scoprire qualcosa di nuovo.»

«Ma, Ammiraglio, a volte uno va contro un muro, la gente non capisce...» intervenne Paola.

«Intendi dire che la gente pensa in maniera differente da te?»

«Proprio così.»

«E con questo? Perché mai tu dovresti essere come tutti gli altri? Perché non essere semplicemente te stessa, e infischiartene di quello che il resto del mondo può pensare?»

«Perché a volte mi sento triste e sola», rispose con un filo di voce Paola. «A volte essere me stessa mi fa entrare in conflitto con gli altri, che non capiscono come mi sento dentro.»

«Altri... come la tua famiglia?» chiese il guardiano.

Io fissai Paola in silenzio.

«Ebbene... sì», confermò lei.

«Lo so», disse. «Sono stato in quel luogo dove la solitudine è la tua sola amica e alle volte è un sentimento molto triste. Di totale isolamento interiore.»

L'Ammiraglio sorrise e prese la mano di Paola con estrema delicatezza.

«Mia cara», continuò il vecchio, «imparerai che la solitudine può diventare uno dei tuoi migliori amici nella vita. Sarà sempre là, a ogni svolta. E ti insegnerà come rallegrarti di tutte le meraviglie e la bellezza dell'esistenza, un passo alla volta. Spesso è un bene essere soli, avere il proprio spazio. Dà modo di pensare, di scoprire chi tu sia veramente. Riguardo ai tuoi genitori, alla tua famiglia, Paola, io credo che dovresti sempre rispettare i tuoi cari per le loro convinzioni. Ma penso anche che loro debbano a te lo stesso rispetto. La vera felicità per loro dovrebbe essere vedere la loro magnifica figlia sbocciare nella donna che tu sei. Vedere un seguito ai loro sogni.»

«Ma, Ammiraglio, so che non mi capiscono, eppure sono sicura che vogliono il meglio per me, nel loro esclusivo e personale modo di guardare la vita.»

«Come possono sapere ciò che è il meglio per te se non sono nella tua testa e nel tuo cuore?»

Paola stava fissando negli occhi l'Ammiraglio alquanto disorientata.

Intervenni per cambiare argomento, dato che era ovvio che nessuno le aveva mai parlato in questi termini, prima.

«E lei che ha fatto, Ammiraglio? Mi spiego: che cosa ha fatto quando è stato assalito dalla solitudine?»

«L'ho ascoltata, e lei mi ha aiutato a chiudere le porte che dovevo serrare dentro di me, e mi ha dato modo di aprirne altre che avevo in animo di liberare.»

«Tutto qui?» chiese incuriosita Paola.

«Tutto qui. *Soprattutto quando impari ad attraversare il muro di cristallo.* Chi è un prigioniero, Paola? Una persona che è in catene o piuttosto uno che non corre dietro ai suoi sogni in piena libertà?»

Paola era profondamente assorta dal modo in cui il vecchio parlava. Ma era anche un po' allarmata. Troppe informazioni da filtrare nei pochi istanti in cui si erano fatti le loro confidenze.

«Non essere mai schiava delle regole. Almeno da un punto di vista mentale. Perché se tu lo sei, non sarai poi in grado di realizzare i tuoi sogni, che sono quelli che ti renderanno felice per tutta la vita, e ti condannerai a vivere basandoti solo sui principi degli altri. Ancorati alle regole, e ben presto non ci sarà più nulla che ti farà sognare.»

«Ed è per questa ragione che lei non parla più con nessuno?»

«No, questo è il motivo per cui ora ti sto parlando», disse con voce più dolce. «Spesso tutto ciò di cui una persona ha bisogno è una mano da stringere e un cuore da capire.» Prese Paola per mano e si diressero verso la finestra, dove un magnifico sole rosso si stava confondendo con le nuvole.

«La vita scorre via per ognuno di noi, non importa se uno muore giovane o vecchio», continuò. «Sforzati di fare della tua vita un capolavoro attingendo gioia dalle piccole cose di ogni giorno.»

La nebbia serale aveva inghiottito quasi ogni dettaglio del paesaggio. L'Ammiraglio rivolse a Paola un sorriso gentile.

«Impara a dire addio a tutto ciò che è d'impedimento ai tuoi sogni, mia cara. Impara ad attraversare il muro di cristallo. Sii te stessa: questo è il vero segreto della felicità.»

Il Guardiano della Luce

Potevo rimanere a Santiago due settimane.

Grazie a internet era facile tenere i contatti con Adolfo. Mi disse che avevamo appena avuto due ordini importanti. Ciò contribuiva alla mia pace mentale. Il lavoro andava a gonfie vele e, invece di volare di nuovo a Lima, potevo gestirmi i miei affari dall'hotel almeno al momento.

Ero lì che fissavo il computer. Avevo appena terminato, grazie alla webcam, una teleconferenza di lavoro con Adolfo che si trovava a tremila chilometri di distanza. Solo dieci anni fa le possibilità di internet sembravano un volo con la fantasia. Ora non potrei vivere senza una tecnologia che è ormai alla portata di tutti. Con un semplice clic del mouse posso entrare in contatto con i miei amici sparsi per il mondo, oppure informarmi sulla prossima alta marea in qualunque costa del globo.

Mi sentivo e tuttora mi sento fortunato a essere vivo.

Portammo con noi l'Ammiraglio per il week-end, come al solito, e la signora Gonzales era proprio contenta che il vecchio avesse due nuovi amici. Aveva intravisto un cambiamento in quell'uomo, e sapendo che non c'era nulla da perdere, era felice che lo accompagnassimo fuori dall'ospedale.

Quel pomeriggio arrivammo al faro al tramonto: il cielo era zeppo di nuvole che ricordavano tanti batuffoli di cotone.

Proprio come la prima volta che eravamo arrivati lì, l'Ammiraglio lasciò la sua sedia a rotelle, si mise in piedi, si accese la pipa e andò a godersi lo spettacolo dell'oceano che si apriva davanti ai suoi occhi. Portammo all'interno della costruzione del materiale edile che avevamo acquistato al piccolo magazzino. Paola stava misurando le sue eccellenti doti di architetto sulla parete occidentale a livello del terzo piano.

«Qui sono proprio la signora della casa», esclamò. «Voi due gentiluomini, potreste essere così solerti da porgermi mattoni e cemento? Grazie!»

Io guardai l'Ammiraglio ed entrambi ci scambiammo un sorriso d'intesa. Iniziammo a trasportare al terzo piano tutti i mattoni. Paola aveva disegnato un ingegnoso sistema di carrucole per issare il materiale dal pianterreno. La vista dell'orizzonte dalla mia postazione di lavoro era a dir poco strabiliante. Pini a perdita d'occhio e, sotto, le onde dell'oceano che si frangevano contro gli scogli, piene d'incanto.

«Ammiraglio?»

«Sì, Martin?»

«Quando era guardiano del faro quali erano i suoi compiti più importanti?»

«Be', prima che anche qui arrivasse l'elettricità, dovevo accendere a mano la grande lampada al tramonto e spegnerla all'alba. Durante il turno di notte, che era di otto ore, mi toccava salire le scale della torre tre volte a controllare che fosse accesa e a dare un'occhiata a tutti i congegni. Il faro conta la bellezza di centotrenta gradini. Ci sono torri anche da duecento gradini! Noi guardiani ci siamo conquistati il soprannome di Lucignolo perché uno dei nostri compiti è quello di spuntare lo stoppino impeciato della lampada in modo che bruciando non affumichi l'ambiente e lasci pulite le lenti. Gli ottoni dell'edificio devono brillare, e tutte le finestre essere tirate a specchio. A volte mi prendeva una giornata intera soltanto lavare e lustrare tutte queste superfici. Era molto importante tenere in perfetto ordine le lenti e le finestre della stanza della lanterna cosicché la luce non venisse mai meno, per nessun motivo e...»

Paola, che ascoltava la conversazione, ci guardò un po' irritata. Me ne resi conto, e fu lo stesso per l'Ammiraglio.

«Che c'è che non va?» chiesi.

Paola sulle prime si trattenne, ma sapevo che non poteva starsene zitta a lungo.

«Perché quando è fuori dal faro non parla con gli altri allo stesso modo in cui ora lei fa con noi? L'altro giorno la signora Gonzales a momenti la beccava a conversare con noi due. Non la capisco, Ammiraglio. Qual è il suo scopo nel fare in modo che gli altri non ascoltino? Lei avrebbe tanto da insegnare al prossimo...»

Il guardiano si diresse verso l'amata finestra, dove Paola stava lavorando, e le si sedette vicino senza perdere di vista l'oceano.

«Non ci sei ancora arrivata, vero?»

«No», ammise lei.

«Be', è perché io non ho nulla da dire a quelli che non la pensano come me. Guarda quello che è mi accaduto quando ero più giovane: iniziai a dire cose che mi salivano dal cuore. Mi giudicarono pazzo.»

«Forse non la pensa come la maggior parte degli uomini, ma non vedo niente di sbagliato in questo, finché ci rispettiamo per le nostre convinzioni.»

«Ah, mia adorata Paola, sagge parole sgorgano dalla tua bocca. Se soltanto le cose potessero essere così semplici. Ma tu sai che non lo sono affatto...»

Rimasi in silenzio. Sapevo esattamente che cosa l'Ammiraglio stava cercando di fare, e ciò che aveva fatto.

«Forse lo sono, invece», rifletté Paola, e ora nella sua voce si coglieva una certa forza. «Immagino che a volte il problema non sia ciò che si dice, ma come lo si dice.»

«Cioè?» chiese l'Ammiraglio.

«Be', per esempio avrebbe più senso parlare a un bambino, diciamo, di biologia, piuttosto che a un biologo!»

«Spiegati meglio», disse l'Ammiraglio.

Paola si sedette sul pavimento e incrociò le sue gambe affusolate.

Non farlo, Paola, pensai. Sistema piuttosto i mattoni...

Troppo tardi.

«Supponiamo di ammirare un colibrì che sta succhiando nettare da un fiore.»

«D'accordo.»

«Bene, se fossi un biologo, saprei probabilmente il nome scientifico del colibrì, per quanto tempo vive, quante volte al secondo sbatte le ali.»

«Giusto...»

«Ma se fossi un bambino, lo fisserei incantato soltanto per lo sbattere d'ali tanto veloce da distinguerlo appena. Non conoscerei il suo nome scientifico e la durata della sua vita.»

L'Ammiraglio sorrise. «Ma il colibrì, indipendentemente da chi lo guarda, sarebbe ancora un colibrì.»

«Naturalmente», fece Paola.

«E persino il colibrì stesso non saprebbe quante volte sbatte le ali o qual è il suo nome scientifico o quanto gli resta da vivere.»

«D'accordo», disse la ragazza.

«Cara Paola, chi ne sa di più sui colibrì: il biologo che è in grado di spiegare che cosa è o il bambino, che è in grado di sentire che cosa sia? O forse nessuno ne sa più del colibrì stesso di che cosa debba intendersi con tale nome?»

Rimanemmo in silenzio per un istante. Non c'era bisogno di una risposta a questa domanda perché essa aveva preso una chiarissima forma nei nostri cuori.

Il sole stava per tramontare all'orizzonte. In quel

preciso istante la luce del giorno cedette il passo alle tenebre.

«Ora lascia che io ti faccia una domanda, Paola.» L'Ammiraglio, fissando la ragazza negli occhi, le rivolse il sorriso gentile che noi avevamo imparato a conoscere: «Chi è in torto: l'uomo che vede le cose esattamente come sono nella vita e preferisce mantenersi calmo oppure l'uomo che costruisce muri di cristallo intorno a sé e vi rinchiude dentro il sognatore?»

Stagioni

Raggiungemmo l'Ammiraglio. L'avevamo lasciato solo mentre facevamo una passeggiata inerpicandoci fra gli scogli. Era una magnifica giornata di sole.

Il guardiano sedeva al secondo piano, fissando fuori dalla finestra, osservando i gabbiani incrociare traiettorie nel cielo blu. La sua orgogliosa pipa di legno era accesa, e se la coccolava nella mano destra, tenendosela stretta come una vecchia amica. Il faro adesso aveva preso a brillare di una luce particolare: sembrava nuovo di zecca. Avevamo lavorato sodo per parecchie settimane, cercando di consolidare la parete a occidente e, a poco a poco, aveva iniziato a mostrare lo splendore che anni di abbandono avevano offuscato.

«Eccoci di ritorno!» dissi.

«È bello rivedervi. Per favore, portatemi con voi in

questa magnifica mattina. Guardate!» e indicò l'orizzonte.

Si vedevano parecchie balene in mare aperto. Stavano migrando in cerca di acque calde, e questi erano i primi segni dell'autunno al Sud, riscontrabili anche nei colori cangianti delle foglie e degli alberi intorno al faro.

«Ammiraglio?»

«Sì, amici miei?»

«C'è una stagione in cui si sente meglio? Intendo, più vivo?»

«Perché me lo chiedi?»

«Perché sono rimasto molto impressionato dai disegni che ha fatto in ospedale. Il faro era sempre uguale, ma le stagioni cambiavano, come se il tempo dell'anno fosse importante per lei.»

«Grazie per aver notato e apprezzato questo dettaglio, Martin», rispose. «Credo che tutte le stagioni siano magnifiche se tu guardi al paesaggio con cuore sincero. L'estate porta il caldo, così come l'inverno arreca il freddo e il tempo per il riposo. La primavera ci dice che la vita sta sbocciando di nuovo, e l'autunno ci ricorda che ogni cosa finisce, chiudendo il cerchio a cui partecipano tutte le creature viventi.

«A dire il vero ciò mi fa pensare che ci sono dei momenti di transizione. L'inverno muore in modo tale che la primavera possa portarci delle nuove speranze o è la primavera la ragione per cui l'inverno volge al termine? L'estate scompare perché le cose devono cambiare o è forse l'autunno a dirci in anticipo che le cose non durano per l'eternità?

«Mi sento bene in ogni stagione», continuò. «Ma è decisamente la transizione da una stagione all'altra ciò che mi dà più emozione: come se un vecchio amico mi dicesse addio fino all'anno prossimo o un fratello di cui conservo un bel ricordo mi facesse sapere che è tornato da molto lontano.» L'Ammiraglio smise di parlare e fissò la sua attenzione sopra una tazza di tè che gli avevo offerto.

È invecchiato bene, pensai. Sebbene il suo aspetto fosse quello di un uomo anziano, il suo cuore sembrava quello di un bambino, e per questo sapeva guardare alle cose come se le vedesse per la prima volta; non aveva paura d'imparare o di fare cose nuove. Ogni novità aveva il potere di incantarlo.

«E che mi dice della notte?» chiese Paola.

«Ah, mia bella e dolce amica», rispose l'Ammiraglio. «Per favore, vieni qui, e lascia che io divida con te un segreto. Mi hai dato così tanto che io credo di doverti regalare qualcosa. Guarda il cielo», fu il suo invito.

Paola alzò la testa.

«Raccogli una stella», disse il vecchio.

«Non ne vedo neanche una. È mezzogiorno, e le stelle fanno capolino solo alla sera.»

«Dunque mi stai dicendo che le stelle esistono soltanto di notte?»

«No, nient'affatto. Se ne stanno là, da qualche parte. Solo che non riesco a vederle.»

«Non sei ancora capace di attraversare i muri di cristallo, vero?»

«Prego?»

«Chiudi gli occhi, mia cara», suggerì l'Ammiraglio.

Lei li chiuse dolcemente.

«Durante il giorno, le stelle se ne stanno quatte quatte ad aspettare la notte per mostrare la luce. Ma loro brillano sempre, di giorno e di notte. Che cosa vedi, Paola?»

Paola sorrise. Aveva ancora gli occhi chiusi.

«Che cosa vedi?»

Lei sorrise di nuovo. «Mi creda o no, Ammiraglio, ora guardo milioni e milioni di stelle!»

«Le stelle aspettano la sera per mostrare la loro luce o sei tu a lasciarti trasportare dalla notte in pieno giorno?» Il guardiano del faro strinse forte le mani di Paola nelle sue. «Tu hai appena attraversato un muro di cristallo. Non aprire gli occhi. Continua a fissare con la mente la tua magnifica notte stellata. E fra tutte le stelle del tuo cielo, raccogline una, e fa' che la tua vita diventi la sua luce. Poi trasformala in una stella tanto speciale, tanto bella che tutte le stelle del cielo per un attimo smettano di brillare, soltanto per un istante, al solo cospetto di tanta luminosità.»

«L'ho presa!» gridò Paola.

«Bene!» rispose l'Ammiraglio. «Ora è tua, per sempre. Dipenderà soltanto da te mantenerla viva e brillante per il resto della vita, giorno e notte. Lei sarà lì per te, sempre. Anche quando la tempesta è forte, e la tavola da surf si schianta contro gli scogli. E anche quando t'innamori e impari ad amare, quando ti specchi in lui e lui in te... lei è sempre là.

«Ma più di tutte le altre», precisò l'uomo, «la tua stella brillerà quando ti lascerai trasportare sulle ali dei tuoi sogni.»

«Proprio come la luce del suo faro», osservò lei.

Il vecchio sorrise alla ragazza e poi disse: «Credi che ti darai mai alla pittura o farai miracoli al di fuori dei tuoi mosaici?»

Lei lo fissò incredula.

«Come sa dei miei mosaici?»

«Martin me lo ha detto. Ma non è questo il punto. Pensi che lo farai?»

«Non sono sicura di potere...»

«Tu puoi, Paola. So che tu puoi. Hai un talento che viene da dentro di te, non dalle tue fragili mani. Ciò che tu hai non ti può scappare. È solo dietro un muro di cristallo. Attraversa quel muro, Paola. Tu sei un'artista, una fabbrica di sogni.»

«Il mio sogno personale...» disse Paola con i suoi intensi occhi color nocciola tanto brillanti da sembrare sul punto di piangere.

«Sai perché mi piacciono tanto i bambini?» continuò l'Ammiraglio. «È perché non mi sento più un adulto quando sono in loro presenza. Mi ricordano sempre che ci sono cose più importanti nella vita rispetto a quelle che la maggior parte dei grandi crede essenziali: correre in bicicletta, giocare con il cerchio, odorare una rosa, guardare un uccello che fa il suo nido, persino dipingere o fare mosaici.»

Io presi la mano di Paola. L'Ammiraglio si avvicinò alla finestra e, come se non fossimo là con lui, guardò il cielo e parlò al vento:

O vita,
sei un così grande rischio!
Ma se non fossi tale,
allora non saresti niente!

Perdono

Ero estasiato dal vedere come l'Ammiraglio riuscisse a far scoprire a Paola la persona che era in realtà, una persona che lei non sospettava neppure.

Ormai iniziavamo a considerare quest'uomo come un padre, quindi colsi l'opportunità di chiedergli un consiglio riguardo a un ricordo doloroso che avevo rimosso da tanto tempo. Era un muro di cristallo che non ero riuscito ad attraversare, e speravo che lui mi aiutasse a infrangerlo una volta per tutte.

«Ammiraglio, io non sono mai stato tanto sconvolto in vita mia come alla morte di mia madre. Questo fatto mi ha letteralmente spezzato il cuore.»

«Probabilmente sentivi che il mondo ti stava crollando addosso.»

«Sì», dissi. «E forse mi sbagliavo.»

«Che cosa significava quell'evento per te?»

«Qualcosa da dimenticare. Così iniziai a bere.»

«Quanto?»

«Più del solito. Mi ubriacavo senza rendermi conto che l'alcol mi avrebbe irretito, ma a me in quel momento sembrava un dolce abbraccio.»

«Come andò?»

«Mi sono inimicato troppe persone. E facevo cose di cui ora mi pento. Non sopporto di entrare in conflitto con gli altri, lo sa.»

«E lo stai facendo ancora?»

«No», risposi. «Ho smesso, a Paola non piaceva.»

«Lo hai fatto per lei?»

«No, l'ho fatto per me stesso.»

«È una buona cosa, amico mio», disse l'Ammiraglio. «Quando uno prende una decisione così radicale, dovrebbe farlo prima di tutto per se stesso.»

«È proprio così», convenni. «Mi sento ancora colpevole per tutto il dolore che ho causato agli altri e a me stesso.»

«Martin», aggiunse. «Ascoltami. Entrare in conflitto con gli altri e con te stesso prova soltanto che sei un essere umano, come chiunque altro. Ciò che hai fatto era sbagliato, ma non facciamo tutti degli sbagli? Non essere così duro con te stesso.»

«Cerco di non esserlo. Ma tutti questi ricordi balzano fuori da un momento all'altro, e io mi sento così colpevole...»

«Questo significa che sei consapevole di aver sbagliato. Ma ogni problema ha una soluzione.»

«Così che dovrei fare?»

«Chiedi perdono a quelli che hai offeso. Più di ogni altra cosa perdona te stesso. Non crogiolarti nell'amarezza del tuo cuore o la felicità a quel punto dovrà cercare approdo in qualche altro porto. Ricorda che uno sbaglio dà l'opportunità di iniziare di nuovo, ma con più sale in zucca. Attraversa i muri di cristallo e vai oltre.»

Aveva ragione. Avevo un debito da pagare. E quello era ciò che intendevo fare.

«Ammiraglio, che ne pensa di Paola?»

«Credo che sia meravigliosa. Forse un po' timorosa della vita, ma di certo è un animo nobile che cerca con insistenza di trovare la sua strada.»

«C'è un problema nel nostro rapporto, Ammiraglio. Non fra me e Paola, ma di noi due con l'esterno.»

«Ancora i genitori di lei?»

«Sì. So che Paola ha cercato di far capire loro perché si comporta così, ma non funziona. Detesto vedere Paola soffrire, perché lei si preoccupa realmente per loro. Li ama con tutto il cuore. Ma quelli non sono d'accordo sul modo in cui viviamo il nostro rapporto. Preferirebbero vederci sposati, non approvando la nostra convivenza. E sebbene sentiamo che non stiamo facendo nulla di male perché ci amiamo tanto, non capirò mai perché certe persone vedano la vita soltanto a modo loro. Ciò che sto cercando di dire è che se noi non seguiamo le tradizioni, il loro punto di vista, allora stiamo sbagliando. Durante i miei viaggi in giro per il mondo, mi sono reso conto che le tradizioni sono differenti da un paese all'altro. Ho imparato a rispettare le opinioni altrui. Perché non dovrebbero rispettare il modo in cui Paola e io vogliamo vivere le nostre rispettive esistenze?»

«È molto difficile rispondere alla tua domanda; probabilmente hanno paura di vedere la loro figlia prendere decisioni non in linea con il modo in cui è stata cresciuta. Non dimenticare che non molto tempo fa, istituzioni come, per esempio, la Chiesa, hanno giocato un ruolo determinante nella vita delle persone. Uno doveva conformarsi a regole imposte dalla società. Se non lo faceva, era etichettato come 'diverso'. È così che io sono stato bollato fin dagli inizi...»

«Che cosa dovrei fare?»

«Che ne pensa Paola?»

«Difficile a dirsi. Quando siamo da soli, la vita è una magia. Il nostro amore ci indica la strada, e siamo felici insieme facendo quello che ci va. E poi tutto cambia al cospetto dei suoi genitori, non so se perché lei si sente colpevole di non essere all'altezza delle loro aspettative o perché ha paura di far sapere loro che cosa pensa.»

L'Ammiraglio guardò fuori dalla finestra. «Bene, Martin», riprese, «l'unico suggerimento che posso darti è di amarla con tutto il cuore e di manifestarle il tuo sentimento. Porta rispetto per la famiglia di lei, perché loro si prendono cura della figlia in un modo del tutto speciale. Ma non permettere ad altri di interferire con i sogni che devono essere solo tuoi e di Paola. Se voi due sentite che non state facendo nulla di sbagliato, allora Paola deve rendersi conto che non è lei a entrare in conflitto con i suoi genitori. I suoi si scontrano con la propria incapacità di vedere che c'è più di un modo per stare al mondo ed essere felici. Dovrebbero sapere che il tuo rapporto con lei è esclusivamente vostro. Ma per quanto difficili possano risultare i genitori di Paola, non dimenticare mai che ciascuno racchiude, dentro un riccio spinoso, una persona che vuole essere apprezzata e amata.»

«Qualche volta la vedo così confusa. Non può parlare con suo padre, e ciò non fa che peggiorare le cose. È come se non potesse infrangere le regole, le tradizioni.»

«Non è capace di attraversare i muri di cristallo», asserì l'Ammiraglio.

«Esattamente», replicai.

«Nessuno è capace di infrangere tutti quelli che incontra nella sua vita», proseguì l'Ammiraglio. «Qualche volta sono necessari tempo e coraggio. Abbi pazienza, così lei potrà rendersi conto di ciò che vuole veramente. Ma non aspettare troppo, perché alla fine lei potrebbe non decidere e questo sarebbe la cosa peggiore, è sempre meglio prendere una risoluzione, per buona o cattiva che sia. Ignorare i fatti non li cambia. Stai attento a non lasciarti coinvolgere in una vita che non vuoi vivere. Prima prenderete una decisione, meglio sarà. Ho imparato che l'amore non conosce limiti quanto alla sua durata, né fine per i suoi atti di fiducia e neanche tramonto per le speranze, può sopravvivere a ogni cosa. A patto di non spingere un amore puro alle corde mettendolo a faccia a faccia con i suoi limiti. Potrebbe essere molto pericoloso. E non scordare che puoi sostenere Paola con tutto il tuo amore, tutta la tua forza, tutte le tue certezze, ma solo lei può attraversare i suoi muri di cristallo, e nessun altro.»

In quell'istante Paola entrò nella stanza. Aveva fatto una passeggiata sugli scogli, in cerca di pezzi capaci di evocare magiche suggestioni per i suoi mosaici.

«La vostra felicità è il vero riflesso della vostra anima. E il tuo amore per Martin è quel genere di merce che non può essere comprato. Ancora più importante, è quel genere di prodotto che non puoi rivendere», affermò l'Ammiraglio.

«Ma di che state parlando?... Martin?»

L'Ammiraglio si alzò in piedi, guardò fuori dalla finestra un angolo di mondo che amava molto.

«Alcune persone vivono al ritmo di una musica differente, Paola», disse. «Agiscono in maniera differente, perché sentono in maniera differente. E a volte nella vita il dolore di una tragedia è così forte da farti perdere la tua strada. E all'improvviso il mondo cambia completamente. Ma si deve comunque andare avanti, e cambiare in meglio.

«Cambiare non è mai facile, Paola. Lo so perché l'ho sperimentato. Si lotta per mantenere il contatto con ciò che già si conosce, così come si lotta per cambiare e seguire ciò che dice il cuore. Può essere abbastanza duro. Eppure non scordare che la cosa peggiore che si può fare è buttare via la propria vita senza fare nulla, senza mai decidere fra due possibilità.

«La vita sarà sempre piena di decisioni dure da prendere. Ogni volta che tu apri una porta, un'altra si chiude. In fondo, uno deve imparare a vivere secondo le proprie decisioni, non importa quanto sanguini il cuore o quanto faccia male.»

«E fa proprio male», replicò Paola.

«Da bambini le cose sono semplici. Quando si cresce, in qualche modo la magia del mondo viene meno. E strada facendo finiamo con il perdere di vista noi stessi e commettiamo errori. Occultiamo il fanciullo che è dentro di noi, e non lo lasciamo libero. Mettiamo in sordina la magia dell'esistenza nascondendoci.

«È difficile essere in pace con se stessi, Paola. Ma hai trovato un tesoro in quest'oceano dell'esistenza, ed è l'amore che Martin nutre per te, per la tua famiglia, per i sogni che avete in comune. La natura dà indietro più di quanto prenda, e il mare restituirà quella bella immagine di Martin all'uomo che suppone di essere. Così dovresti fare tu con la magia che hai trovato nei tuoi mosaici.»

Alcuni gabbiani volteggiavano in alto attorno alla sommità del faro. L'Ammiraglio li fissò e disse:

Osservando uno stormo di gabbiani,
è facile perdersi nei vortici di tante ali bianche.

Ma concentrati su uno solo,
e guardalo bene;
subito ti renderai conto
che sebbene voli e si lasci planare in formazione
con gli altri,
è unico,
e così dovremmo essere noi.

«Le persone non sono fatte per starsene da sole al mondo», disse rivolto a me. «Almeno non per sempre. E sebbene il mare ti aiuti a decidere quale via prendere nella vita, guarda anche ai gabbiani, ai delfini. Sono nati per farsi la loro rotta personale. Ma non sono soli. Non sempre.»

A quel punto si girò di nuovo verso Paola.

«Io mi sono reso conto che non posso vivere nel passato», ammise. «E tu, mia cara? Non hai il tempo di guardare in faccia il futuro, comunque ti si presenti? Non pensi che sia venuto il momento di lasciare andare il tuo cuore a briglie sciolte e farti portare dovunque ti piaccia, non importa quello che gli altri possano dire?»

«A volte sì», rispose.

L'Ammiraglio prese un vecchio prisma dalla sua tasca, e lo porse a Paola. «Fissalo in controluce vicino alla finestra», disse.

Paola tenne l'oggetto davanti ai suoi occhi, pienamente illuminato, visto che la stanza del faro era radiosa. «Che colori meravigliosi», esclamò.

«Bene, Paola, vai nella terra dei mille arcobaleni, un luogo dove tutti i colori espandono la loro forza in perfetta armonia. Vedi il mondo con il tuo cuore, e non con il cuore degli altri. Dimentica per un istante quale colore sceglierebbero loro. Sogna... Attraversa i muri di cristallo, simili a questo prisma, determina il tuo colore preferito e segui la sua meravigliosa e unica luce. Scegli la tua luce, bellissima Paola, e lascia che le tue azioni, non i discorsi, siano la miglior difesa delle cose in cui credi. Vivi e fai del tuo meglio: non smettere mai... E nella voglia di cercare, la vita dispiegherà le sue strade. T'impadronirai dei segreti della vita, facendo degli ostacoli le tue opportunità, degli impedimenti dei trampolini di lancio. Imparerai a essere te stessa, sempre, senza riguardo per quello che gli altri possono pensare.»

Illuminazione

«Mi dica qualcosa di più sui segnali del faro, Ammiraglio», esordì Paola. «Come si differenziano?»

«Oh, in parecchi modi», rispose. «Prendiamo, per esempio, le lenti di Fresnel. Sono un sistema ottico consistente in una lente convessa e in molti prismi, lenti di particolare angolazione che focalizzano e intensificano la luce sfruttando il riflesso e la rifrazione.»

«Il riflesso e la rifrazione?» chiese Paola.

«Sì. Il riflesso rinvia la luce che colpisce una superficie, mentre la rifrazione devia i raggi luminosi, cambiandone l'angolo di curvatura.

«Ma non è tutto. La cosa più importante è la lampada, l'apparato che si usa per generare luce, sia essa elettrica o alimentata a petrolio. In poche parole, la luce viene amplificata dalle lenti. Montare dei pannelli di cristallo nella stanza della lanterna in cima alla torre, chiamata 'dei doppi vetri', dà forza al raggio di luce emesso dal faro.»

«Sembra così complicato», notò Paola.

«Nient'affatto», replicò l'Ammiraglio. «Non se lo prendi come un gioco per bambini. Come ogni cosa nella vita, quando tu ami ciò che stai facendo, cerchi di rendere il tutto più semplice, per divertimento.»

«Lei fa così?» chiese Paola.

«Certamente», rispose l'Ammiraglio. «A volte non ti pare di giocare mentre sei intenta a qualche progetto architettonico, piuttosto che di essere al lavoro?»

«Sì», ammise.

«Perché non mi fa un esempio di ciò che intende, Ammiraglio?» chiesi.

«Ricordo che quando ero ancora piccolo, camminando con mio padre su scogli aguzzi molto simili a questi, afferravo la sua mano.»

«Una mano minuscola e paffuta che stringeva la mano di un adulto», dissi.

«Proprio così. Era quello il modo. Non la forte, possente mano che stringeva una piccola mano, ma una morbida, fragile, minuscola mano che teneva l'altra. Non me lo scorderò mai. Il fatto dura un attimo, ma il ricordo va avanti una vita. E ora, nell'autunno della mia esistenza, ho imparato che c'è molto da apprendere da quegli individui che non hanno ancora perso la loro ingenuità, da quelli che riescono a vedere le cose per quello che sono, nel modo più semplice. E ora so, grazie al bambino che ero un tempo, che durante tutta la mia vita ho sempre guardato alla verità dovunque, quando era di casa nel mio cuore, proprio come quella manina che cercava attimi di tranquillità, stringendo la mano forte, contemplando il sole meraviglioso che scende all'orizzonte e si confonde nel mare.

«Vedi, Paola? Non prendere la vita troppo seriamente. Apprezza tutte le benedizioni che l'esistenza ti ha concesso. Non devi essere la più alta o la più forte o la più intelligente. Devi solo cercare di essere la più bella ai tuoi stessi occhi. Smetti di preoccuparti di che cosa gli altri possono pensare delle tue azioni. Guarda alle cose importanti della vita che i bambini riescono ancora a vedere e che gli adulti talora dimenticano.»

«Se io mi comporto così mi accadrà qualcosa di speciale?» chiese Paola.

«Forse non lo sai ancora», le rispose l'Ammiraglio, «ma quel 'qualcosa' sta già accadendo.»

Mi venne da sorridere.

* * *

Il tempo passò velocemente. Avevamo lavorato sodo e il faro aveva un aspetto sempre migliore. La notte ancora giovane lasciava intravedere una o due stelle e la luna piena.

L'Ammiraglio era andato alla finestra, quella da cui era solito abbandonare lo sguardo per ore, affacciandosi dal suo mondo interiore.

Paola se ne stava seduta fuori dal faro, a due passi dalla scogliera a picco sul mare. Le ero andato vicino per sedermi al suo fianco.

«A che cosa stai pensando?» chiesi.

«È un animo tanto gentile...»

«Chi?»

«L'Ammiraglio.»

«Sì», concordai. «Ho sempre stimato le persone nate prima del loro tempo, e il modo con cui hanno sempre dovuto combattere contro tutte le avversità, per il solo fatto di essere dei diversi. Comunque, alla fine, il tempo ha dato loro ragione mostrando che erano nel giusto.»

«Sento che quest'uomo mi ha aiutata a raggiungere la vera felicità in un lampo. E ora penso di essere ancorata a essa», rispose Paola.

«È stato come attraversare i muri di cristallo di cui l'Ammiraglio ci ha parlato?»

«Precisamente», replicò lei. «È come se adesso io vedessi con occhi differenti, da un punto di vista completamente diverso.» Fissò un punto all'orizzonte. «Tenevo le palpebre sempre abbassate, Martin. Mi ero quasi sepolta da sola nella confusione che s'accompagna alla nebbia, non vedevo la mia vita con i miei occhi, i miei sogni, la mia luce unica e irripetibile.»

«È un piacere sentirti parlare in questo modo, Paola.»

«E vuoi sapere un'altra cosa?» disse.

«Che cosa?»

«Ho iniziato anche a vedere chi tu sei in realtà. Un sognatore. Un uomo come chiunque altro, ma con la capacità e la forza di sognare.»

«Grazie», feci io contento.

«No, grazie a te. Tu hai fatto in modo che mi rendessi conto che si è giovani una volta sola, ma mi hai anche fatto capire quanto vitale uno possa essere all'interno della sua esistenza. Ci sono migliaia di modi di fare questo meraviglioso viaggio chiamato vita.»

Amore

Durante una delle escursioni al faro, eravamo ad appena un paio di chilometri dalla nostra meta quando l'Ammiraglio esclamò: «Fermati!»

«Che c'è, Ammiraglio?»

«Ferma l'auto, per favore.»

Feci come chiedeva. Parcheggiai vicino a un pino verdeggiante che doveva avere trent'anni o anche più.

L'Ammiraglio aprì la portiera, uscì portandosi dietro il bastone e si avvicinò all'albero. Lo toccò e finì per abbracciare il tronco.

Paola e io ci guardammo in silenzio, increduli.

«Tutto bene, Ammiraglio?» fece Paola.

«Certo, tutto a posto. Meglio del solito, davvero.»

«Che significa quest'albero per lei?»

Continuò a fissare il pino, accarezzando uno dei suoi rami più piccoli.

«Quest'albero lo piantò mia moglie, tanti anni fa. Guardate.»

Ci avvicinammo. L'Ammiraglio stringeva un ramo con una mano e con l'altra sfiorava la scritta incisa sul tronco:

I VERI SOGNATORI SONO MOLTO PROFONDI
E AMANTI DEL DIVERTIMENTO...
CUORI CONTENTI,
EPPURE MAI SODDISFATTI,
MATURI, MA ANCORA DESIDEROSI DI CRESCERE.
È CIÒ CHE AMO DI TE, SAMUEL.
TI PREGO, NON DIMENTICARE MAI QUESTO:
QUALUNQUE COSA MI ACCADA, SARÒ SEMPRE CON TE,
E TU CON ME.

ELVIRA

«Chi è Samuel?» chiese incuriosita Paola.

«Sono io», rispose l'Ammiraglio.

Rimanemmo in silenzio. Capivamo che l'Ammiraglio soffriva, che in quel momento era oppresso da un affanno interiore.

«Mi manca così tanto», confessò.

Paola non poteva sopportare tanta pena, una tristezza così struggente.

«Me ne parli, Ammiraglio.»

«Oh, mia cara, non puoi immaginare che sconforto tremendo sia perdere qualcosa o qualcuno che non rivedrai mai più! Era speciale per me, mi ha lanciato il salvagente in tutti i modi possibili, per portarmi in salvo.»

«Che intende?»

«Mia moglie mi ha insegnato che la natura trasforma le persone, uomini o donne che siano, in quegli individui che credono di essere. Mi ha fatto vedere che l'isolamento, il tenersi lontano dalla gente e dalle cose umane è un toccasana per l'anima. Era anche un po' poetessa. Di pensieri, non di parole. Ma il dono più grande fra tutti i suoi insegnamenti è stato il significato della parola amore.»

«Ha mai messo per iscritto le sue illuminazioni?»

«Le poesie?» chiese l'Ammiraglio.

«Sì», rispose Paola.

«Be', non ne ha scritte molte», ammise. «Preferiva affidare i suoi pensieri alla sabbia della spiaggia, ai rami degli alberi, alle pietre del faro, al soffio del vento. Ho avuto la grande fortuna di essere stato sposato a una donna che irradiava passione, e che mi trascinava al punto che ogni cosa nella vita diventava una trepidante avventura. Forse il segreto del nostro legame stava nel fatto che ciascuno di noi due pensava prima alla felicità dell'altro.

«Lei amava giornate come questa, giornate in cui l'evanescente aroma delle foglie d'autunno aleggia nei deboli venti del Sud e si stempera nell'aria mite. Amava gli alberi e la loro voce al soffiare del vento. Ascoltare il fruscio delle foglie l'aiutava a rilassarsi. In ogni modo, sembrava assaporare la vita più pienamente di altri. È ciò che mi ha fatto innamorare di lei.

«E mi ha insegnato anche qualcos'altro», concluse l'Ammiraglio.

«Che cosa?» chiese Paola.

«Che il mio amore per lei e il suo amore per me erano un 'canto a due' tutto per noi. Che potevamo essere felici solo se ci tenevamo avvinghiati l'uno all'altra e vivevamo i sogni che volevamo vivere, senza pensare a ciò che gli altri potevano supporre.»

Gli occhi dell'Ammiraglio si riempirono di lacrime. *Il pianto di un uomo ci ricorda il fanciullo che saremo sempre.*

«Paola», disse l'Ammiraglio, «vai fino all'albero della gomma laggiù. Guarda alla base del tronco e dimmi che cosa vi è inciso.»

Paola andò a vedere, mentre io rimasi con l'Ammiraglio.

«Vuole che legga ad alta voce?»

Lui lottò per ricacciare indietro le lacrime e sussurrò: «Sì, per favore...»

SE SOLO POTESSI ESPRIMERE SU QUESTO TRONCO
DI LEGNO MAGNIFICO

NON SOLTANTO CIÒ CHE VEDO,
QUANDO IL SOLE SORGE ATTRAVERSO LE NUVOLE,

MA ANCHE CIÒ CHE PROVO,
QUANDO IL VENTO ACCAREZZA LA MIA FACCIA,
E I GABBIANI IN PLANATA
RINGRAZIANO LE LORO ALI
PER LA LIBERTÀ CHE HANNO DI CONQUISTARE IL CIELO

E CIÒ CHE SENTO,
AL FRANGERSI DELLE ONDE PERFETTE PER IL SURF
NEL PROFONDO DEL MIO CUORE,

E CIÒ CHE RESPIRO
QUANDO LA BREZZA DELL'OCEANO MI RICORDA
LA GIOIA DI ESSERE VIVO...
OH, VITA, SE SOLO POTESSI!

ELVIRA

Proseguimmo in auto verso il faro. L'Ammiraglio si era addormentato. Aveva bisogno di concedersi del tempo per alleggerire il suo cuore dei tanti magnifici, ma tristi ricordi. Guidavo lentamente.

«Martin?»

«Sì, Principessa?»

«È spaventoso essere innamorati, non trovi?»

«Che cosa vuoi dire?» replicai.

«I poeti spesso descrivono l'amore come un'emozione che non possiamo controllare, che travolge la logica e il senso comune. Questo è ciò che è stato per me. Non avevo preventivato di innamorarmi di te, e dubito che tu abbia pianificato di innamorarti di me. Ma una volta che ci siamo incontrati, era chiaro che nessuno dei due poteva controllare che cosa ci stava accadendo. Ci siamo trovati innamorati persi, nonostante le differenze e, una volta che eravamo cotti l'uno dell'altra, abbiamo creato dal nulla qualcosa di raro e bellissimo. Per me, l'amore è un'alchimia che accade soltanto una volta, e ogni momento che abbiamo passato insieme si è come trasfigurato nella memoria. Non dimenticherò mai neanche un istante dei nostri incontri.»

«Che stai cercando di dirmi?»

«Che qualche volta il nostro futuro è dettato da ciò che siamo, in contrasto con ciò che vogliamo.»

«Non possiamo sempre ascoltare le nostre paure», affermai. «Non posso scegliere ciò che provo, ma posso scegliere che cosa fare al riguardo.»

«Sei un enigma, lo sai?»

«Non lo siamo tutti?»

* * *

Alla fine raggiungemmo il faro. L'Ammiraglio si era svegliato e aveva un'aria molto triste.

Paola preparò un delizioso tè, con pasticcini e biscotti allo zenzero. Cercammo di farlo sorridere con qualche battuta.

«Sto bene», disse. «Mi rendo conto che i ricordi a volte sono incantevoli, ma anche fonte di dolore. Non sarei così triste adesso, se non fossi stato così felice con Elvira. Non la dimenticherò mai, proprio perché penso sempre a lei.»

Si alzò dalla tavola e andò alla sua amata finestra. Rimanemmo in silenzio. Non sapevamo che dire.

L'Ammiraglio sorrise. «Che nebbia fitta oggi!»

Ero d'accordo.

«A volte penso alla vita come a un orizzonte con la nebbia. Sappiamo che il nostro destino è là. Eppure non lo vediamo distintamente a causa della foschia. Se soltanto non fossimo così timorosi di attraversare la nebbia!...» esclamò.

«Bene, Ammiraglio, suppongo che sia umano avere paura quando non vediamo dove ci porta il nostro viaggio.»

«Hai ragione. E poi, la nebbia copre l'orizzonte, ma solo a tratti. Certi giorni non lo fa, e allora sembra tanto semplice arrivare fino alla linea che divide il cielo dalla terra.»

«Suppongo che qualche volta crediamo che i nostri problemi siano al di fuori del nostro controllo.»

«E non soltanto i nostri problemi, Martin, ma anche la soluzione a essi.»

Muri di cristallo

Il faro brillava di luce splendente come non mai.

I nostri sforzi di ristrutturare i locali interni cominciavano a essere visibili. La parete a occidente risultava ora pressoché finita. Era bastata una mano di vernice per dare una veste magnifica alle stanze, e una semplice ripulitura della roccia che sosteneva l'intera struttura. Le crepe stuccate di fresco conferivano all'edificio un'aria vissuta. Sembrava migliore di quanto non fosse mai stato.

Stavamo lavorando fuori dal faro.

«Che meravigliosa vista abbiamo qui», esclamò l'Ammiraglio. «Non credi che a volte, mentre ti fai prendere dalle bellezze della natura, uno possa apprezzare anche una conversazione con qualcuno, Martin?»

«Naturalmente.»

Mi stavo dedicando a delle fessure che avevano ancora bisogno di essere riparate. L'Ammiraglio si accese la pipa in legno, e fissò l'oceano. Paola si sedette al mio fianco, in silenzio.

«Chi pensi possieda la verità, Martin?» chiese all'improvviso l'Ammiraglio.

«Non saprei proprio», risposi. «Suppongo che la verità è sempre negli occhi di chi guarda.»

«Eppure», proseguì l'Ammiraglio, «se tu percorri più miglia di quanto dovresti, se cerchi più di quanto ci si aspetti da te, allora ti renderai conto che la verità, indipendentemente da chi guarda, si erge forte, solida come una roccia, e attende chi va un po' più in là per vedere con il cuore e non con gli occhi.»

«Allora più si impara dalla vita, più vicini si è alla verità?» chiesi.

«Spezza le catene del mondo, Martin, e troverai la verità. Danza sulla musica che senti. Metti alla prova te stesso per aprire il tuo spirito e il tuo cuore alle meraviglie che hai davanti. Attingi alla verità, una sorsata per volta, e rendi la tua vita un capolavoro. Ciò farà la differenza. L'ha fatta, per me.»

Entrammo e l'Ammiraglio cercò subito il sofà per fissare, comodamente seduto, la parete del faro dove erano appesi parecchi dipinti di battaglie navali, come fantasmi del passato.

«Ammiraglio, credo fermamente in quello che lei sta dicendo, e so che molti altri sarebbero desiderosi di ascoltarla. Come ha detto Paola, perché non parla con loro?»

«Perché tutti noi abbiamo una missione da compiere. Dobbiamo soltanto essere veramente attenti a scegliere ciò che vogliamo fare delle nostre vite. So che devo mantenermi calmo, attraversare i muri di cristallo, e tenermi questi pensieri per me finché non avrò compreso.»

«Mi scusi se insisto», dissi, «non pensa che sia venuto il momento di dire la sua verità, i principi in cui crede?»

Mi prese delicatamente per il braccio, come un padre.

«E che cosa pensi che stia facendo adesso? Sto parlandoti di questi principi. Ma tu hai una missione differente dalla mia.»

«Che intende?» chiesi.

«Mi auguro che scriverai tutti gli spunti di riflessione che ti ho dato. Trasmetti ciò che hai avuto modo di apprendere attraverso la mia vita, proprio come Paola mi ha aiutato a ricostruire il faro.»

Paola mi fissò e con un sorriso esclamò in tono solenne: «Ora tu hai una missione, Martin!»

«Ma, Ammiraglio», obiettai cercando il conforto

del vecchio lupo di mare, «io sono solo agli inizi. Lei è l'unico che ha imparato dall'esperienza. Io ho ancora molto da apprendere.»

«Non abbiamo tutti questo compito? Sono nato in un'altra epoca rispetto alla vostra e quando avevo la vostra età, le regole governavano il nostro agire. La religione, i genitori e gli insegnanti avevano sempre ragione, e nessuno poteva metterli minimamente in discussione. Alcuni lo hanno fatto e di loro non si è saputo più nulla. Muri di cristallo ovunque! Pensavano che stessi risalendo il fiume controcorrente, e non si rendevano conto che io stavo cercando di raggiungere la sponda, tentando di uscire dal vortice soffocante delle regole e di raggiungere la mia caletta dove poter scoprire tutte le cose che ti sto dicendo. Non potevano o non volevano farlo.»

«È facile parteggiare per qualcosa quando non si corre alcun rischio», lo interruppi. «La maggior parte di noi non è pronta a correre rischi perché c'è sempre l'eventualità di fallire, così come non è preparata a vivere i propri sogni fino alle estreme conseguenze. Io lo ero, e ho pagato il prezzo di essere me stesso. Non potevo andare sempre contro la mia voce interiore. Non potevo tacere questa verità. Non lo volevo neppure. E per qualche tempo la mia anima ha vagato astrattamente, finché alla fine l'ho riportata indietro. Adesso, quando l'autunno con le sue foglie morte è arrivato nella mia vita, io mi sono reso conto che è giunto il momento. È tempo di ricordare il bene ed è tempo di dimenticare il male. È tempo di confidare agli altri il mio pensiero e i princìpi in cui credo. Ed è tempo per voi due di aiutarmi a portare a termine la mia missione.»

Paola non riusciva a stare ferma. La mia mano cercò la sua e finii per baciarla sulla guancia. Per tutta risposta lei, abbracciandomi, abbandonò dolcemente la testa sulla mia spalla.

L'Ammiraglio ci guardò entrambi. «Siate sempre voi stessi», fu il suo augurio. «Il mondo è cambiato, e non importa che cosa diciate voi, è cambiato in bene. È un magnifico tempo per essere vivi. Da quando siete comparsi nella mia vita mi avete aiutato a essere di nuovo me stesso. Ora è tempo che io aiuti voi a riappropriarvi della vostra identità. Credo che ci sia un amore che aspetta ciascuno di noi. Voi due l'avete già trovato. Ora dipende da entrambi avere il coraggio di abbracciare questo sentimento così da dargli modo di crescere per sempre.»

Sentirsi vivi

Andammo a prendere l'Ammiraglio all'ospedale.

Era una bella giornata di sole, forse un po' troppo calda, ma sapevamo che l'afa si sarebbe attenuata in prossimità della costa. C'erano parecchi gradi di differenza fra la temperatura di Santiago e quella della frastagliata costa oceanica, sempre battuta dalla brezza.

Appena ci avvicinammo all'ingresso, l'infermiera ci riconobbe e si avvicinò a noi.

«Martin, Paola!»

«Che c'è, signora Gonzales?» chiesi timoroso che fosse accaduto qualcosa all'Ammiraglio.

«Ha parlato!» gridò.

«Chi?» chiesi.

«L'Ammiraglio», rispose la signora Gonzales. «Non so che cosa abbiate fatto a quest'uomo, ma il suo cambiamento è incredibile.» Fece una pausa, poi continuò: «Venite a vedere con i vostri occhi».

Salimmo i vecchi scalini che portavano al padiglione dove era vissuto per parecchi anni. Nonostante i nostri tentativi di vederlo, non lo trovammo.

«Dov'è?» chiese Paola.

La signora Gonzales sorrise. «Proprio davanti a voi.»

Non potevamo crederci. Il vecchietto decrepito dell'ospedale si era completamente trasformato. Vestito di tutto punto nella sua uniforme della Marina, con i capelli pettinati all'indietro da gentiluomo, l'Ammiraglio ci salutò con un largo sorriso.

«Buongiorno, amici miei», esordì.

«Ammiraglio!»

«Sì, lo so», disse. «È giusto un cambiamento per essere ritornato indietro nel mondo.» Sorrise nel modo in cui soltanto noi lo avevamo visto.

«E quale sarebbe quest'occasione speciale, Ammiraglio?» chiese Paola.

«Finalmente il mio sogno si è avverato, mia cara. Intendo condividere con te e Martin un segreto che spero possa aiutarvi a rendere le vostre vite dei capolavori. Signora Gonzales?»

«Sì, Ammiraglio?»

«Grazie di tutto. L'amore che ha dato a me e agli

altri qui all'ospedale Santa Cruz diventerà un tesoro destinato per sempre all'intero universo. Glielo prometto.» L'abbracciò e le dette un bacio sulla guancia.

«Grazie, Ammiraglio», rispose la signora Gonzales, con le lacrime agli occhi.

La brezza marina si era trasformata in vento gelido quando raggiungemmo il faro, e il cielo sembrava una tavolozza di differenti colori: torvo e quasi nero in un punto, mentre infinite gradazioni d'azzurro si stemperavano in un grigio indistinto vicino all'orizzonte. Feci respiri profondi, che mi restituirono l'aroma misto di aghi di pino e salmastro.

Vidi che Paola si godeva ogni dettaglio di quel paesaggio. I suoi sensi s'impennavano vivi, dandole nuovo vigore, quasi che la sua mente fluttuasse libera nella bellezza di quello scenario naturale.

«C'è un tempo per ogni cosa, anche per l'amore... perfino per quel sentimento che ti aspetti di provare», disse.

L'Ammiraglio la fissò e sorrise, volgendo poi lo sguardo alla tenue luce del sole che filtrava dalla finestra. «I pensieri più coinvolgenti non si scrivono mai, e così si perdono per sempre nel fondo del cuore.»

Non volendo che mi sfuggissero quelle parole tanto ispirate, presi subito carta e penna e le annotai.

«Ammiraglio, ho bisogno di chiederle una cosa.»

«Dimmi.»

«È cambiato molto negli anni?»

Si versò un bicchiere di Bourbon e ne bevve un sorso. «Non direi», rispose. «Non nelle cose che io ricordi. Sono più vecchio, d'accordo, con più esperienza alle spalle, ma sento di avere ancora la stessa luce di un tempo nei miei occhi. Leggo ancora poesie e mi lascio andare ai sogni. Credo ancora che la vita sia un meraviglioso gioiello che dovremmo apprezzare ogni giorno che siamo al mondo.» Guardò fuori dalla finestra. «Apro gli occhi, la luna piena mi saluta, signora della notte, e mi chiedo: Mi sono trasformato in un uomo dominato dalla ragione, e non dalle abitudini? Ho imparato che un uomo non potrebbe cadere più in basso di quando baratta i suoi sogni per oro e argento?» L'Ammiraglio si girò verso di me e disse: «La canzone dell'oceano, Martin, si perde sulla spiaggia o nel cuore di chi l'ascolta?»

«Suppongo che finisca nel cuore di quelli che vogliono ascoltare.»

«Inoltre, mio caro amico», continuò l'Ammiraglio, «trovo che la mia pace interiore si trovi sia nella forza di un mare in tempesta, sia nelle acque calme.

Più di tutto, ho scoperto che il segreto della vita sta nel fissare una goccia d'acqua dell'oceano.» Fece una pausa, poi riprese: «Credo che ciascuno abbia in sé il potere di crearsi il suo destino. Possiamo dire che conquistare il nostro vero io è una fatica immane, e che spesso proprio per questo lasciamo perdere. Ma forse la verità sta dietro l'angolo. Fai un salto in più, quello che ti porta a superare il muro di cristallo. È tanto semplice. Solo fa' buon uso delle gioie che la vita ti offre».

«Ma che accade a quegli individui che si sono inimicati il mondo?» chiese Paola.

«Osservazione imbarazzante», disse. «Non ho una risposta alla tua domanda. Tuttavia, smetteresti di gridare che il mondo ti è debitore perché ti è stato assestato un duro colpo? Sicuramente sarebbe meglio accettare i tuoi problemi. Sono parte integrante della vita, e ce li abbiamo tutti in qualche momento della nostra esistenza. Considerali una sfida, un motivo di lotta nella corsa verso il successo. Passa sopra i tuoi problemi, Paola, e svilupperai la forza interiore di cui hai bisogno. Combatti per arrivare alla terra dei mille sogni.»

«La terra dei mille sogni?» chiesi.

«Sì», rispose l'Ammiraglio. «Un luogo molto lontano dalla pazza folla, un luogo dove l'unica cosa che puoi sentire è il tuo vero io, un luogo dove potrai finalmente trovare la tua luce interiore e apprendere chi tu sia veramente.»

Ero affascinato dalla sua saggezza. Non potevo dimenticare la prima volta che l'avevo visto, perso nel suo mondo solitario, un uomo immerso nel silenzio totale.

«Non ricordiamo più il linguaggio dei bambini», proseguì l'Ammiraglio, «ed ecco perché non rammentiamo che possiamo essere tanto grandi quanto i nostri sogni. Ma il tuo cuore è libero, e se hai il coraggio di ascoltarlo, vedrai con i veri occhi. Percepirai la verità universale che può soltanto essere racchiusa nella canzone del colibrì, o della pioggia gentile che sfiora i petali della rosa, o nel frangersi di un'onda.

«La felicità non si presenta in un solo momento o in un giorno e nemmeno in un anno. La felicità è 'durante', è nel viaggio che va avanti per l'intera esistenza.»

La missione

Eravamo felici, ma anche preoccupati per ciò che l'Ammiraglio ci aveva insegnato.

Ci chiese di lasciarlo solo per un po' al faro, e da parte nostra c'era la netta sensazione che la sua missione fosse sul punto di esaurirsi, in altre parole che fosse finita. Perché? La ristrutturazione del faro era l'unico motivo per cui ci aveva dedicato così tanto tempo? E che dire del libro che mi aveva chiesto di scrivere, da dove avrei cominciato? Avremmo scoperto, alla fine, che quest'uomo era mentalmente disturbato, e che la sua ossessione di ristrutturare il faro era soltanto una componente di quella pazzia?

Paola e io tornammo al faro nel tardo pomeriggio. Una fitta nebbia gravava sulla scogliera conferendole un'aria soprannaturale. Il portone era aperto. Non trovammo nessuno al pianterreno, così salimmo le scale che portavano al piano superiore.

Una semplice candela illuminava la stanza.

L'Ammiraglio era seduto sul vecchio sofà, a fumare la sua pipa esattamente come lo avevamo visto tante altre volte.

«Benvenuti, miei cari amici. Prego, sedetevi qui al mio fianco.»

«Che fa di bello, Ammiraglio?» chiesi.

«Oh, aspettavo...»

«Che cosa aspettava?»

«State a vedere!»

Si alzò in piedi e guardò attraverso i vetri che restituivano una fitta coltre di nebbia.

«Voglio ringraziarvi, Paola e Martin, per aver creduto in me, per avermi aiutato a coronare il mio sogno.»

«Grazie per aver condiviso il suo sogno con noi», dissi. Paola si avvicinò all'Ammiraglio e gli regalò un bacio. Lui sorrise.

«Bella sensazione ricevere un bacio così tenero», ammise. «Mi ricordo quelli di Elvira. Tanto tempo fa...» Si asciugò le lacrime spuntate a tradimento, poi continuò: «Cara Paola, il mondo è ancora un mistero per ciascuno di noi, e nessuno ha tutte le risposte giuste. Neppure una vecchia roccia come me».

Si girò verso di me.

«Credi che sia pazzo?» chiese.

«No, per niente, Ammiraglio.»

«Sono sollevato», disse con un sorriso. «Non dimenticate che ogni individuo ha il potere di fare del mondo un posto migliore. Uno può essere grande quanto i propri sogni. Suppongo che tu sappia che se desideri qualcosa abbastanza intensamente, questo accadrà.»

«Sì, Ammiraglio», confermai. Sentivo la mano di Paola stretta nella mia.

Il vecchio lupo di mare guardò fuori dalla finestra.

«Che osserva, Ammiraglio?» chiesi.

«Niente di speciale», rispose. «Comunque, la vita è piena di sorprese. Chissà che cosa porterà la nebbia d'autunno.» Si girò e venne a sedersi vicino a noi sul sofà. «La vita mi stava facendo ripercorrere il passato a una velocità supersonica, fuori da ogni controllo», disse l'Ammiraglio, «ma da quando ho recuperato i miei sogni, non ci riesce più. È magnifico sentirsi giovane, persino quando il corpo inizia a mostrare l'inesorabile peso degli anni. Non puoi controllarlo. Tuttavia, tu puoi lasciare questo mondo un po' più da saggio di quando ci sei entrato: questo è il segreto per riempire di significato la vita. Come scoprire il segreto della maturità, senza diventare anziano. Oppure il segreto della saggezza, senza diventare un predicatore.» Si fermò un istante, poi riprese: «Non è più bello sentirsi giovane in qualche dimensione, piuttosto che sentirsi vecchio in ogni campo?»

«Sicuramente», approvai.

«Ha paura di morire, Ammiraglio?» chiese Paola.

«No», rispose il vecchio. «La morte non è una nemica. Ciò che mi fa paura è non vivere più questa meravigliosa esistenza, e sapere che in ogni momento questa bella avventura chiamata vita può terminare.»

Stava per continuare quando fuori in mezzo alla nebbia si sentì la sirena di una nave.

«È *ora*», disse con tono solenne.

«Ora per che cosa?» chiese Paola.

«Martin, per favore, accompagnami alla stanza della lanterna in cima alla torre!»

Fissai Paola dubbioso.

«Fallo», m'incoraggiò.

«Ma il faro è un rudere fuori uso.»

L'Ammiraglio ci guardò.

«Chiudi gli occhi, Martin. Anche tu, Paola. Fatelo! Adesso!»

Entrambi obbedimmo.

«Ora parlo ai vostri cuori, alla vostra luce interiore. Sognate, miei cari amici. Credete al potere dei sogni, al potere dell'amore. Non scordate mai che il *potere dell'amore* può risolvere ogni conflitto, accorciare ogni distanza, risplendere attraverso i muri di cristallo. Non dimenticatelo mai.»

Non ricordo esattamente che cosa accadde dopo. Sentii Paola stringere forte la mia mano; i nostri occhi erano ancora chiusi, ma avvertii una pace interiore che mai avevo sentito prima.

«Aprite gli occhi», esortò a quel punto l'Ammiraglio.

Era accaduto un miracolo.

Il faro non era più un vecchio rudere dismesso. Adesso appariva come nuovo, proprio come se il tempo non fosse mai trascorso. Assomigliava esattamente al faro disegnato dall'Ammiraglio.

«Martin, adesso!» esclamò.

«Che cosa?» chiese Paola, atterrita da ciò che stava accadendo.

«Non avere paura», la rassicurò l'Ammiraglio. «Non credere solo ai tuoi occhi. Sono una limitazione per te. Guarda con la tua consapevolezza e scopri ciò che il cuore sa già.»

Mi avvicinai porgendogli una scatola di fiammiferi per accendere la lampada del faro.

Di nuovo la sirena di un'imbarcazione lontana riecheggiò. «Sbrigati!» disse. «Non abbiamo molto tempo.»

Raggiungemmo la stanza d'avvistamento che si trovava sotto quella della lanterna; solitamente era adibita a magazzino per il petrolio e altri accessori ed era lì che il guardiano del faro accendeva a mano la grande lampada per la notte. C'erano anche i congegni per ruotare le lenti. Salimmo con la tanica fino alla stanza della lanterna, versammo il petrolio nella bassa ciotola di ottone in modo da bagnare lo stoppino.

Non potevo credere ai miei occhi. Nella stanza della lanterna la grande lampada, che adesso era accesa, proiettava un brillante cono di luce dritto contro l'orizzonte, e il riflettore emanava una luce gialla fissa, ferma e potente. Il suo sfavillio poteva correre per molti chilometri sul mare aperto, fendendo la nebbia, attraverso la lente di cristallo. Nel frattempo, l'Ammiraglio si era mosso verso il pannello di controllo e aveva attivato il segnale acustico per la nebbia. Risuonava forte come un corno, in un crescendo d'intensità.

«Sarà d'aiuto a quelli in mare aperto?» chiesi.

«Lo spero proprio», mi rispose il vecchio con la paura negli occhi.

Andammo tutti alla finestra. C'era una piccola imbarcazione che si avvicinava pericolosamente agli scogli. Con la nebbia fitta sarebbe stato proprio un miracolo se avesse potuto scorgerli.

«Che facciamo?» chiesi all'Ammiraglio iniziando a perdere il controllo.

«C'è solo da aspettare », disse.

Dovevamo avere pazienza, nonostante l'adrenalina fosse a mille. Che sarebbe successo se la barca non fosse riuscita a vedere il faro? E gli scogli erano così maledettamente vicini...

Per un istante, la nebbia si diradò e nella foschia scorgemmo l'imbarcazione.

Puntava dritto sul pericolo...

L'Ammiraglio orientò il raggio di luce del faro contro la barca.

«Andrà tutto bene?» chiese Paola.

«Bene? Che significa?» feci io. «Sono troppo vicini agli scogli. Rischiano di schiantarsi contro le rocce!»

Non potevo continuare. In attesa del naufragio imminente, vidi l'Ammiraglio voltarsi verso il cono di luce che si perdeva in mare aperto e, usando tutta la forza che gli era rimasta, fece risuonare il corno del faro per lanciare il segnale di pericolo. In meno che non si dica, il capitano dell'imbarcazione si rese conto di ciò che l'Ammiraglio stava cercando di comunicargli. Fidandosi del faro diresse la nave in mare aperto sulla rotta luminosa tracciata da terra. Potevamo sentire i motori del natante che lavoravano a pieno regime, cercando di restare nel cono di luce. Alla fine l'imbarcazione riuscì a fare dietrofront scampando alla catastrofe. Il capitano condusse in breve tempo la barca in salvo in una minuscola caletta sabbiosa nei pressi del faro.

«Evviva!» gridai. «Li ha salvati, Ammiraglio. Ce l'ha fatta!»

Adesso era il momento di lasciarsi andare alle lacrime che salivano a dispetto mio, dell'Ammiraglio e anche di Paola. Guardammo il vecchio guardiano del faro. Sembrava un fantasma, come se l'ultimo sforzo di mettere in salvo la nave in pericolo gli fosse costato il resto della vita che aveva a disposizione.

«L'inverno è arrivato», annunciò l'Ammiraglio, dopo qualche istante. «C'è un tempo per dire addio al mondo meraviglioso: c'è un tempo per essere grato alla vita che abbiamo avuto in dono, ma c'è anche un tempo per dire ai giovani come voi due che si vive una volta sola.»

Sentivo che lo stavamo perdendo e avevo ancora tanti quesiti da sottoporre a quell'uomo...

«E che accade se uno non va d'accordo con il resto del mondo?»

Il vecchio sorrise.

«Martin, ti ho visto fissare l'oceano, e so che vi hai trovato la verità che giace nascosta: il miracolo, il sogno. Il tuo rapporto con il mare, come il mio del resto, è per sempre. Non dimenticare mai questo insegnamento.»

«Non lo farò», promisi.

«Bene», disse, «ricordati sempre che puoi lasciarti sconvolgere dal pensiero di ciò che hai scoperto, di ciò che credi sia meglio per te; oppure puoi accettare di vivere basandoti sulle conclusioni a cui sei arrivato. È tutto chiaro?»

«Sì, Ammiraglio.»

Si avvicinò e ci prese per mano.

«Non dimenticate mai che i solchi sulla mia faccia sono rughe di un tempo pieno di sorrisi e lacrime, di una vita passata senza rimpianti. Spero che anche le vostre avranno lo stesso significato, un giorno quando entrerete nell'inverno dell'esistenza.»

Aveva ragione. Ero incantato da quell'uomo; non solo era un poeta, ma sapeva anche che una cosa non può dirsi giusta finché non dimostra di esserlo. Non importa quanto ci voglia.

La sua missione stava ormai per compiersi. E una volta esaurito questo compito, il suo tempo sarebbe finito... Ma c'erano ancora molte domande senza risposta.

Paola strinse forte le mani dell'Ammiraglio.

«Non assuefarti mai alla vita, mia cara», esclamò. «Vivi ogni giorno come un nuovo inizio, e come se fosse un'opportunità unica per scoprire qualcosa di nuovo. E non avere mai paura di chi tu sei in realtà. Scopri la tua vera identità. Ma sopra ogni cosa, Paola, credi nell'amore. Il vero amore è così difficile da trovare...»

L'Ammiraglio si girò verso di me.

«Promettimi una cosa, Martin.»

«Qualunque cosa», dissi.

«Scrivi ciò che hai visto. Dai vita ai miei sentimenti, ai miei pensieri e condividili con l'intero universo.»

«Lo farò», ribadii.

«Grazie.» Poi ci mandò un tenero bacio e tornò al suo vecchio sofà.

Abbracciai Paola. Stava tremando, come del resto io. Eravamo senza parole. Era stato tutto un sogno? Ci girammo verso il sofà. Nel punto in cui l'Ammiraglio si era seduto un attimo prima, non c'era più nessuno: la sua pipa era ancora accesa nel portacenere e restava un libriccino lasciato aperto sul sofà. Senza dire una parola, il nostro sguardo corse alla finestra: l'Ammiraglio era laggiù, e camminava verso una barca ormeggiata poco distante dalla riva. Una vecchia signora ci stava in piedi e guardava verso di lui.

Lentamente l'Ammiraglio entrò in acqua e si avvicinò all'imbarcazione, e la vecchia signora gli porse la mano per salire. Si abbracciarono a lungo. Poi l'Ammiraglio si girò nella nostra direzione, verso il suo amato faro, e accennò un addio che pareva un'onda a mezz'aria.

Paola si strinse a me sconcertata. Stava piangendo, anche se cercava di evitarlo. Con una carezza le asciugai le lacrime e poi, nella magia che si sprigiona al momento irripetibile della verità, capii che c'era un'ultima cosa da fare.

«Tocca a te, Principessa.»

Paola andò verso la luce e, radunando tutta la forza che le era rimasta, diresse il cono luminoso verso l'orizzonte, fendendo la coltre di nebbia. Verso quel luogo dell'universo dove l'Ammiraglio ed Elvira avrebbero cercato un approdo in una dimensione di eterna felicità.

Il libro del faro

Il registro del guardiano del faro. Un testo sacro.

Non solo un libro, ma la Bibbia di ogni guardiano. Un volume per conservare ricordi, simile a un diario, e, ancora, una storia non solo di navi che vanno e vengono, di mattine nebbiose e pomeriggi assolati, ma la storia della vita nel suo stesso svolgersi.

La storia di un Guardiano della Luce.

Un po' titubante ad aprirlo, iniziai a scorrere le sue pagine. Era pieno di dettagli relativi a condizioni del tempo, scadenze e informazioni sulle imbarcazioni che transitavano al largo del faro. Notai che c'era una pagina dedicata esplicitamente a noi. PAOLA E MARTIN. Lessi avidamente.

Cari Martin e Paola,

gli amici sono dei gioielli rari. Grazie per avermi

fatto sentire ancora una volta Guardiano della Luce. Voi due mi avete riportato indietro dalle ombre, e grazie a voi io ho attraversato l'ultimo muro di cristallo della mia vita.

Vorrei poter rimanere con voi per sempre, in carne e ossa, ma voi sapete che Elvira mi sta aspettando. Su questa pagina lascio rincorrersi alcuni pensieri e suggestioni di uno che vi ha voluto bene con tutto il cuore. Qualcuno che vi vorrà sempre bene. Grazie per avermi fatto sognare ancora. Dovunque io sia, e dovunque voi siate, io sarò sempre con voi.

Non dovete mai scordare che si viene al mondo con il cuore pieno di sogni e l'obbligo morale di tradurli in realtà. Vi auguro di lasciare questo mondo portandovi dietro solo bei ricordi e sogni soddisfatti.

È bene essere consapevoli che è nel viaggio che risiede la vera felicità. Realizzate i vostri sogni, e rendetene sempre partecipi tutti quelli che amate, e anche quelli che non amate. A volte essere gentili è più importante che avere ragione.

Ho imparato che non importa quanto lunga sia la ricerca, ma quanto ci si senta bene nel compiere il proprio cammino. Il tempo è un'invenzione dell'uomo e i sogni sono senza tempo. Credere in qualcosa può farlo diventare realtà. Infrangete i muri di cristallo che vi circondano, e dispiegate le ali per volare più in alto che potete. E se vi sentite troppo vicini all'abisso, non abbiate paura. È soltanto arrivato il momento di fare visita alle stelle.

Fate della vostra solitudine una buona amica, sempre leale.

Non sottovalutate il valore che sta nelle piccole cose della vita, perché un giorno potrete guardarvi indietro e rendervi conto che sono state grandi e importanti. Il mondo è il vostro terreno di gioco, così scendete in campo ora, non domani. Non fate l'errore di aspettare di essere sul punto di morire per sentire il profumo di una rosa, per ridere al sorriso di un bambino o al ronzio di un'ape. Loro sono là, sempre. E sono là perché li ammiriate.

Non dimenticate neppure la luce preziosa di cui vi siete fidati, quella che alberga nel vostro cuore. Vi guiderà in porti sicuri. E quando vi svegliate la mattina, accendete la luce del vostro cuore. Vi aspetta un unico e meraviglioso giorno, tutto davanti a voi, irripetibile.

Il segreto è respirare, ridere e piangere.

Insomma, vivere.

Volare… volate sempre verso i vostri sogni. Accumulare tanto di una cosa buona è sicuramente una fortuna di proporzioni meravigliose.

Sapete una cosa? Io mi sono già staccato dalla vi-

ta. Non me ne sono ancora andato, ma ho già preso le distanze da lei. Mio Dio, quanto dolore può sopportare il cuore di un uomo?

Cercate di non perdere il vostro tempo prezioso, ma concedetevi il lusso di essere pigri a volte, così da assaporare a lungo il gusto della vita. Quanto all'esistenza, c'è di più che incrementarne la sua velocità.

Spezzate le catene che non vi permettono di diventare quello che volete essere; ma fate attenzione a non entrare in conflitto con quelli a cui volete bene. Fatto molto importante, imparate a distinguere la differenza che c'è fra inimicarsi qualcuno e rendersi conto che una persona sta danneggiando se stessa, solo perché non capisce le vostre azioni. Forse non sa come volare.

Tutti dobbiamo morire, ma non tutti siamo in grado di vivere alla stessa maniera. I macigni in fondo al cuore sono quelle cose contro cui ciascuno di noi si trova a lottare. Vi ho mostrato quanto brillante possa diventare la luce di un faro quando attraversa il vetro che sta tra la lampada e il resto del mondo. Forse la luce del vostro cuore non è ancora forte, ma è sicuramente più chiara, molto più vera.

L'unico rischio nella vita è non correre alcun rischio. Uno può vincere o perdere, ma almeno ci ha provato. Non fare nulla è morire, pur rimanendo ancora in vita. Così evitate le false promesse che la sicurezza porta con sé. Esse non liberano, al contrario vi rendono prigionieri.

Tenete le vostre paure per voi stessi, ma condividete con gli altri il coraggio. Quelli che portano il tramonto nell'esistenza degli altri non possono neanche allontanarlo da sé. Prendetevi cura dell'amore che avete avuto in dono come una vera benedizione, e fatevelo durare per tutta la vita.

Vostro amico per sempre,

Samuel

Andai alla pagina successiva. Era intestata: ELVIRA.

Cara Elvira,

il mio corpo ora avverte il passare degli anni. Combatto contro la morte, so già che è qui, molto vicina, alla fine della strada. Ti ho sognato la scorsa notte. Eri venuta a prendermi, per iniziare di nuovo un cammino insieme, perché noi ci siamo amati da sempre.

Credo che il vero amore sia più forte del tempo o dello spazio. Prenderemo il largo insieme ancora una volta e il tuo sorriso sarà il sorriso della mia felicità. Raccoglieremo conchiglie, costruiremo un faro sulla sabbia. Il bambino che è dentro di noi ci mostrerà la strada. Questo io lo so.

Me ne sono stato zitto per molto tempo. Ma oggi una coppia di giovani è venuta a farmi visita. Era magnifica, spiriti affini a me, dentro e fuori. La ragazza è piena di paure e non so se ce la farà ad attraversare i muri di cristallo... per certi aspetti mi ha ricordato te, Elvira. So che tu non eri d'accordo con me quando ho deciso di mantenere il silenzio, e di parlare soltanto con te; ma tu hai accettato la mia decisione e te ne sarò sempre grato. Tuttavia, la luce della fiducia ha ancora una volta illuminato il mio cuore: quel surfista mi ha riportato al faro, è un sognatore, sai? E la sua ragazza, oh, lei è una fabbrica di sogni, proprio come me. Sento che dovrei parlare, mostrare loro quanto sia importante amare ed essere amati. Lei mi aiuterà a illuminare il faro ancora una volta, per l'ultima volta. Per te.

E il surfista mi ha promesso che avrebbe scritto di noi, e spero che fisserà sulla carta tutte le cose meravigliose che mi hai insegnato e che hai condiviso con me, quelle che noi abbiamo sempre sognato di condividere un giorno con altri. Allora i tuoi pensieri, i tuoi sogni e i miei resteranno reciprocamente vivi per sempre nei nostri cuori. Ma resteranno anche scritti per la gioia dell'intero universo.

Oh, Elvira, l'antica e fedele sposa del Guardiano della Luce! Posso vederti e sentirti. Quando staremo ancora insieme? Quando verrai per me? Quando attraverserai la nebbia e starai con me? Il nostro faro ha un aspetto magnifico, e so che tu puoi vederlo. Spero che tu sia felice. Ho imparato che l'amore, non il tempo, cura tutte le ferite.

Ti aspetterò sempre, Elvira. E, mentre aspetto con pazienza, solo ora capisco qualcosa che tu mi hai detto tanto tempo fa. Che la vita, con tutti i suoi dolori e le sue tristezze, con tutti i suoi contrattempi e le sfide che reca in sé, resta sempre una faccenda meravigliosa. Provare qualcosa, nel bene o nel male, è sempre meglio che non provare niente.

Epilogo

Ora vivo con Paola in una casa piccola, ma meravigliosa, che si trova a un centinaio di metri dal vecchio faro, a un passo da una zona ineguagliabile per il surf. Un luogo dove io posso finalmente dire di aver messo radici, dopo aver viaggiato per tanti anni in cerca dell'onda perfetta. Un luogo che è proprio una «casa del cuore», oltre che una dimora fatta di mattoni.

Non posso mentire ai miei sentimenti: continuerò a viaggiare, cercando nuove onde, nuove geografie dell'anima e nuovi oceani. Perché, più che mai, ora so che la felicità non è alla fine del viaggio, ma nel viaggio in sé.

Forse la mia idea di ciò che il mondo è ha subìto una trasformazione; ho imparato ad ascoltare di più e a parlare di meno; dopo tutto, abbiamo due orecchie ma soltanto una bocca; ho imparato ad accettare i miei errori e anche quelli degli altri. Alla fine ho persino imparato a compilare la dichiarazione dei redditi!

Ma sono ancora la stessa persona. Lo stesso bambino cresciuto che fa sogni meravigliosi e si rende conto di quanto la vita sia magnifica, e che amare ogni secondo di essa è la cosa più importante di quello che facciamo.

La nostra dimora non è di lusso. È una casa del cuore e ha una vista sull'oceano che non si può comprare con i soldi. Appartengo a una generazione che ha capito che il denaro può fare molto, ma non dare la vera felicità. Siamo individui portatori di una domanda spirituale, che non si riconoscono nella religione tradizionale. Abbiamo imparato a trovare Dio non soltanto dentro una chiesa, ma anche nei nostri cuori, nella gente che ci circonda, nella bellezza della natura, nell'attraversare i muri dell'ignoranza.

Le cose più belle nella vita sono senza prezzo. Come avere un cuscino comodo quando vai a letto alla sera o dividere con il tuo partner il dolce tepore e la luce che soltanto un camino può dare. O aiutare gli altri a costruirsi un futuro, senza chiedere nulla in cambio.

Gli affari che ho avviato a Lima vanno avanti bene. L'azienda sta crescendo a un ritmo molto promettente, e Adolfo, il mio socio, ha ora preso il pieno controllo dell'attività. È anche lui un sognatore, e so che con l'aiuto di Janet e Fabiola aiuterà molte persone a raggiungere tanti traguardi nella vita. E mi rende felice aver capito che ogni cosa è possibile, che ognuno può fare davvero la differenza e cambiare le cose per il meglio se soltanto noi ci orientiamo a fissare una meta senza mai dimenticare perché abbiamo deciso così. E questo mi dà speranza. E ringrazio la vita per questo.

Ogni tanto guardo il vecchio faro e mi ricordo dell'Ammiraglio. Se ne è andato, Dio solo sa dove. Io so che è felice al fianco della sua amata Elvira, a incidere delicati pensieri sui tronchi degli alberi.

So che si vogliono bene con la tenerezza che l'amore e la saggezza danno a quelli che vedono la vita come un'avventura, per quelli che restano sempre un po' bambini nel cuore.

Paola e io abbiamo deciso di non dire a nessuno quello che è accaduto quella notte, quando un vecchio faro e un Guardiano della Luce ci hanno dato una bellissima lezione di vita: che ogni cosa è possibile, persino contro tutte le probabilità, se noi siamo in grado di infrangere i muri che ci circondano e vedere le cose in piena consapevolezza, con vera luce.

Ora so che non era soltanto un guardiano del faro: era uno di quei rari esseri umani che io chiamo i Guardiani della Luce. E finché essi sono dentro di noi, possiamo incontrarli una volta o due nelle nostre esistenze terrene.

E questo mi dà speranza.

Il libro che ho promesso all'Ammiraglio di scrivere è quasi finito. La saggezza di quel vecchio lupo di mare mi ha dato la forza di mettere sulla carta ciò che la sua amata Elvira ha inciso sul tronco degli alberi e nel cuore dell'Ammiraglio stesso.

Fisso l'oceano. Posso vedere Paola tornare indietro sugli scogli, camminare a piedi nudi sulla sabbia mentre fuori piove, con i morbidi capelli biondi che le ricadono sul petto. Tutte le mattine raccoglie delle conchiglie per il suo mosaico molto speciale. Io ho fiducia in lei. Il suo sogno si è finalmente avverato, e io non l'ho mai vista così felice.

È una donna bellissima che io amo profondamente. Ora ha imparato ad attraversare i muri di cristallo, ad amare la sua stessa vita e a vedere assieme a me la marea che minaccia gli scogli davanti alla nostra piccola casa. L'acqua mi sta sussurrando che sono vivo, che il sogno continua sempre, finché guardiamo alla vita con occhi sinceri.

La vita è come credo debba essere.

Potrei chiedere di più?

L'autore

Sergio Bambarén, australiano, è nato in Perù e ha vissuto molti anni negli Stati Uniti. Esperto surfista, sensibile alle battaglie ecologiste per la salvaguardia dei mari, ha scritto libri di grande successo, editi in Italia da Sperling & Kupfer. I suoi numerosissimi ammiratori sparsi in tutto il mondo possono contattarlo all'indirizzo: sbambaren@yahoo.com

Finito di stampare nel gennaio 2013
presso Elcograf S.p.A.
Stabilimento di Cles (TN)
Printed in Italy